くろご

中谷航太郎

集英社文庫

目次

第一章 7
第二章 47
第三章 98
第四章 142
第五章 198
解説——末國善己 238

くろご

第一章

一

町は夜霧の底で眠っている。

西天に浮かぶ上弦の月は、紗の幕を透かしたように霞み、どこかで吼える野犬の尖った声も、いつもよりやんわりと響いていた。

人気のない深夜の路上を、二人の武士が歩んでくる。

主従と見え、提灯を手にした二十五、六歳の軽輩が、絹の頭巾を被った恰幅のいい武士を先導していた。

二人とも酩酊し、よろめくような足運びだった。

ふいに足を止めた頭巾の武士が、

「高部、屋敷はまだか？」

苛々と放ち、足元に淀んだ霧を蹴散らした。

落し物でも探しているのかと思いきや、なんと、帰る屋敷を地面に探していた。

「もうこのあたりのはずでございます」

高部と呼ばれた家来が、場所の見当をつけようと提灯を翳す。

「なにも見えぬではないか！」

「これほど深い霧は、見たことも聞いたこともございません。もしや、狸に化かされているのでは」

高部が、おどけた仕草で腹鼓を打つ。

「たわけ！　狸ごときに化かされるわしではない。おぬしのせいで、迷子になってしもうたではないか」

主は笑うどころか、怒りだしてしまった。

「ほんの冗談にございます。こんなことになったのは、なにもかも、駕籠屋のせいにございます」

二人は帰り道で駕籠を拾い損ねたらしい。そもそもこんな夜更けに、流しの駕籠と行き会えると思うほうがどうかしているが、いずれにせよ、迷子になった責任を、高部が駕籠屋になすりつけたのは明らかだった。

「うむ、おぬしの申す通りじゃ」

意外にも主は、身体（からだ）がふらつくほど大きくうなずき、

「貧乏なくせに、夜っぴて働こうとせぬ、怠け者どものせいじゃ」

高部がすかさず被せる。

「それにしても、奴（やつ）ばらも運が悪うございます」

「なにがじゃ？」

「殿に拾われておれば、酒手（さかて）を弾んでもらえたでしょうに」

「そうじゃな。小判の一枚や二枚、恵んでやったのにな」

「今宵（こよい）の殿は、博奕（ばくち）の神が乗り遷（うつ）ったようでございました。賭場（とば）に集まった金を総ざらいしたあげく、どうせこんなものは泡銭（あぶくぜに）じゃと、気前よく散財なされた殿の器の大きさには、この高部、ただただ感服仕（つかまつ）りました」

「ふふっ、まあよい。夜霧も、おつなものじゃ」

主もようやく機嫌を直した。

だが、酔っ払いは、一筋縄ではいかない面倒な生き物である。

「さすが殿、風流まで弁（わきま）えておられまする」

高部が重ねた空世辞をどう受け取ったものか、

「このわしから役を解くとは、まったくもってけしからぬ」

主はまたしても不興に転じた。

「ご、ごもっともでございます。殿ほどのご器量の持ち主を小普……」

その先を、高部はかろうじて呑み込んだ。手遅れだった。

「そうじゃ、小普請じゃ。三河以来の旗本にして、五百石を預かる綾瀬家の当主たるこのわしが、縮尻小普請と陰口を叩かれておるわ！」

三千石未満の無役の旗本は、小普請組に編入される。その中でも、懲罰を受けて小普請組入りをした者を、縮尻小普請、あるいは御咎小普請などと蔑称した。

「声がお高うございます。夜更けとは申せ、どこに耳があるか、しれたものではございませぬ」

「それがなんじゃ。わしに陰口を叩く者どもに、聞かせてやればよいではないか」

「殿、なにとぞ」

「厭じゃ、わしは黙らぬ。ええい、よく聞くがいい。わしだけが悪いのではないぞ。もっと悪事を働いた者が、すぐそこで枕を高うして眠っておるわ」

綾瀬が放った罵声が、武家屋敷の建ち並ぶ番町に木霊した。

「殿、いましばらくのご辛抱にございます。殿ほどのご強運の持ち主なれば、必ずや、お役に与れる日が参ります。どうか、どうか、お気を鎮め下され」

博奕に勝った勝負運を引き合いに出して、高部は主の暴挙を宥めた。

「邪魔立て致すと、おぬしといえども、許さぬぞ！」

綾瀬がますますいきり立ったとき、突然、背後に声が湧いた。

「元勘定（かんじょう）奉行金座（きんざ）方、綾瀬成匡（なりまさ）様でございますか？」

「なに奴（やつ）っ？」

振り向いた綾瀬が、

「な、なんでこんなところに？」

戸惑ったのも無理はない。

夜霧に佇（たたず）んでいたのは、着衣から腹当、手甲（てっこう）、股引（ももひき）、帯、頭巾に至るまで黒で統一し、
さらに黒い垂れで顔を覆った——黒子（くろご）だった。

深夜の路上に、黒子がいることからして面妖だが、

「あ、あれは……」

高部が指を向けた先にあったものは、ぎょっとするようなシロモノだった。

黒子は、長さ二尺（約六十センチ）ほどの短筒（たんづつ）を構えていた。突き出された筒先が、
綾瀬を睨（にら）んでいる。

「まさか、そんな」

相手が黒子だけに、芝居の小道具と思えなくもない。だが、よく見ると、銃身の上に
小さな赤い光が灯（とも）っていた。

「あは、あはは……」

綾瀬は引き攣った笑い声を上げながら、高部の背後へ回り込んだ。そうする間、片時も黒子から目を離さなかった。

「綾瀬様で、ございますか？」

黒子が、いま一度、問いかけた。

「ち、違う、人違いだ」

綾瀬は両手を振って否定した。

「こちらのお方は、綾瀬様ではない」

高部も口を添えたが、

「そういうあなたは、高部殿でございましょう」

逆に図星を指されて愕然とし、手から提灯を落とした。

黒子が垂れの奥の両眼を、ぎらりと光らせ、影が伸びるように二人に近づく。

「殿、なにをなされます」

高部が喚いたのは、綾瀬に背中を突き飛ばされたからだった。

綾瀬は家来を犠牲に、己を救おうとしていた。

だが、その目論見はもろくも崩れた。黒子の短筒で鳩尾を突かれた高部が、

「うっ」

呻いたときには、綾瀬の額に冷たい巣口（銃口）が押し付けられていた。

酔いも消し飛んだ綾瀬は、怯えた小娘のように身を竦め、

「あ、あの方に……金で雇われたのだろう。その倍を払う……だから、撃たないでくれ」

黒子が首を斜めに傾けた。引き金に指を乗せたまま、抑揚のない声で問う。

「あの方とは、先ほど罵っていた相手のことか？」

「そ、そうだ」

首を小刻みに上下に振りながら、綾瀬が答えた。

「名は？」

「聞かずともわかっておろう」

黒子が短筒を押して、綾瀬を仰け反らせた。

「向井原様だ。そのほうは、わしの口を封じるために向井原様からいくら貰った？　その倍、いや、そのほうが欲しいだけ払う。頼む。それで見逃してくれ」

綾瀬が両手を擦り合わせて懇願したが、

「そんな名は、聞いたこともない」

黒子は冷たく言い放ち、躊躇うことなく、引き金を落とした。

深々と静まりかえった町に、乾いた銃声が響き渡った。

音に驚いた数羽の鳥が、いずこからともなく、夜空に羽ばたいた。

短筒の先から噴き出した炎に吹き飛ばされたように、綾瀬が一間（約一・八メートル）ほど後方の土塀に叩きつけられた。

かっと瞠いたその目は、額に開いた穴から流れ落ちた血に覆われても、二度と閉じられることはなかった。

土塀に背中をつけたまま、綾瀬がずるずると滑り落ちた。

折りしも地面に転がっていた提灯がぼっと燃え上がり、綾瀬が毛髪で土塀に描いた一筋の血痕が、鮮やかに照らし出された。

黒子は首を巡らせて周囲を警戒しつつ、短筒に弾を込め直していた。

手元を見ることもなく正確に作業を進め、瞬くうちに装塡を終えると、高部に近づいていった。

高部は意識を失い、長々と地面に横たわっていた。

黒子は短筒を高部の傍らに置き、両腕でその半身を抱き起こした。

高部の両足を折り畳み、無理やり胡坐をかかせた。短筒を拾い上げ、筒先を高部の喉に当ててから、床尾（銃床）を組ませた足の隙間に押し込んだ。

舞台の上で、黒子が役者の動きを助ける場面さながらの光景に、足りないのは観客だけだった。

ふいに闇が濃さを増した。燻っていた提灯が燃え尽きていた。

黒子は影も形もわからなくなった。

高部の右腕が、すいっと浮き上がった。うな垂れたように下を向いていた手首が、むっくりと起き、短筒へと伸びていく。

高部の人差し指が引き金に絡んだ瞬間、再び銃声が轟いた。

一瞬の閃光に、高部の頭が激しく反り返る様が浮かび上がった。

高部の身体が、どさりと地面に崩れた。喉から頭頂部へ抜けた銃弾が血と脳漿を撒き散らし、あたりに腥い臭気が立ち込めた。

そのときにはすでに、黒子は音もなく立ち去っていた。その場にいたのは死者のみ、生者の気配はどこにもなかった。

異変を察した武家屋敷の住人たちが駆けつけたのは、それから間もなくのことであった。

二

四半刻（約三十分）のち――。

黒子の姿は番町の隣町――麹町の、とある武家屋敷の裏庭にあった。

荒れ果てた裏庭は枯れ草で覆われ、落葉した庭木の枝には無数の蜘蛛の巣がはびこっている。家屋に立て廻された雨戸もぼろぼろで、長年、住む者もなく放置されたことを物語っていた。

裏庭を臨む部屋の雨戸だけが取り外され、その奥に穴だらけの障子が見えている。苔むした庭石のそばに膝を揃えて畏まった黒子は、障子の向こうにいる人物と、小声を交わしていた。

そこに両者の関係が見て取れる。すなわち、命じる者と命じられる者。

事実、黒子は、障子の向こうにいる人物から、綾瀬と高部の殺害を命じられ、首尾を報告するために出向いていた。

「……では、案ずるようなことは、なにもなかったのだな？」

黒子に問う男の声は、低くくぐもっている。男は障子戸の奥に姿を隠したのみならず、口元をなにかで覆い、声音を変えていた。

そこまでして、男は黒子に正体を知られまいと努めていた。

黒子も心得たもので、面を伏せたまま応じる。

「ご指図に従い、忠実に実行致しました」

「やはり、あれは空耳ではなかったか。幽かだが、銃声が二発、ここまで届いた。たしかに弾を込め直すに、じゅうぶんな間隔が開いていた。ただ、開き過ぎておったようなき気がせぬでもなかった。銃声を聞きつけた者に、姿を見られるようなことはなかったであろうな？」

　正体不明の男が念を押した。

「ございません」

　黒子は断言し、

「短筒はむろんのこと、弾と火薬も抜かりなく、高部殿の亡骸のそばに、残してきました。誰が見ても、高部殿が主を撃ち、事後、弾を込め直して自裁に及んだと受け取るはずです」

「それを聞いて安心した。あとは流れに任せておけば良さそうだな」

「それで、よろしいかと」

「ご苦労だった」

　その一言は、退去を命じるものだったが、黒子は腰を上げず、おずおずと切り出した。

「畏れながら、お訊ねしたき儀がございます」

「今夜の働きに対する褒美として、聞いてやろう。ただし、答えるかどうかは別だ」

　男が条件つきで質問を許した。

「こたびのこと、本当にこれで良かったのでございましょうか？」

「銃声のことを申しておるのか？」

「上様のお膝元においての発砲にございます。それだけで騒ぎが大きくなりましょう。

しかも続けざまに二発……それがしも胆を冷やしました。音をさせず、事を進める手立てもございますのに、なにゆえと思った次第」

「あえてそうしたと申したら？」

黒子が、しばらく沈思した。

「あえて表沙汰にするため……ということで、ございましょうか？」

「さあ、どうかな」

答えをはぐらかされたが、それでも、黒子は納得したらしい。

「なるほど、そういうことでございましたか」

「ほう、腑に落ちたのか？」

「綾瀬様を秘かに殺害したのでは、内々で処理されてしまいましょう。それではお取り潰しに、できないゆえかと」

「……今夜は少し、喋りすぎたようだな」

これ以上、訊くなと男は仄めかしたが、

「それをお聞きして、ひとつ思い出したことがございます。もしかすると、お耳に入れておいたほうがよろしいかもしれません」

黒子は、相手の気を引くように言葉を繋いだ。

「申せ」

「綾瀬様は、ひどく酔っておられました。そのせいでしょうか、どなたかのことを罵っておられました。悪いのは自分だけではない。もっと悪事を働いた者が、すぐそこで枕を高くして眠っておると、そのようなことを」

「その者の名を、綾瀬は口にしたか？」

「……それは、ございませんでした」

一拍置いて答えた黒子は、向井原の名を耳にした事実を伏せていた。

男が口を閉ざし、息詰まるような沈黙が流れた。耐え切れなくなったように、黒子が口走った。

「申し訳ございません。聞き出しておくべきでした」

平伏して額を地面にこすりつけた黒子に、

「そんなことはせずともよい。いや、するな」

男が静かに言った。

「はっ」

「おぬしは駒だ。ただ命じられた通りに動け。余計なことを知ろうとすることも、まかりならぬ」

知りすぎた駒は抹殺すると、男は言外に仄めかしていた。

「そのような出すぎた真似(まね)は、決していたしません」

「ご苦労であった」

「ははっ」

弾(はじ)かれたように、黒子が立ち上がった。逃げるように後退(あとずさ)り、闇に溶けて消えた。

三

「流山(ながれやま)、流山はいるか？」

薄暗い蔵の中で反響する声に、

「私なら、ここに」

と応じた者がいる。

前掛けに襷掛(たすきが)けの若侍で、五尺七寸（約百七十三センチメートル）と大柄なほうだが、痩身のせいで華奢(きゃしゃ)に見えた。歌舞伎役者の二枚目を思わせる端整な顔立ちと憂いを含んだ瞳が、弱々しい印象をさらに強め、蜻蛉(かげろう)のように影の薄い雰囲気を漂わせていた。名は数馬(かずま)。二十歳(はたち)になったばかりの鉄炮磨(てっぽうみがき)同心だった。

鉄炮磨同心とは、その名の通り、鉄炮を磨く役人のことである。若年寄支配の鉄炮方(てっぽうかた)に従属し、有事に備えて幕府が保有する万を超える鉄炮を丹念に磨き上げるという、退屈極まりない職務に就いていた。定員は十二名、三十俵二人扶持(ぶち)の微禄(びろく)を食(は)む。

数馬がいまいるのは江戸城紅葉山御霊廟前にある鉄炮蔵で、数馬はきょうも朝から黙々と作業に勤しんでいた。

「見てもらいたい物がある。ここまで出て参れ」

「はい、いまそちらへ」

数馬が鉄炮蔵の戸口まで行くと、外光を背にした人影が待っていた。目を細めて相手の風貌を確かめた数馬は、腰を折って会釈し、

「間違っていたらすみません。たしか諫早様と申されましたか？」

自信なさそうに訊ねた。

「そうだ」

数馬は、ほっとして肩の力を抜いた。

諫早兵庫は鉄炮方の与力で、数馬と同じ役方で働いている。それにもかかわらず、こんな遣り取りになったのは、数馬が役職に就いて半年の新米ということもあるが、ほかにも込み入った事情が関係していた。

鉄炮と大砲の整備と管理を主な役目とする鉄炮方は、田付家と井上家の二家が代々世襲し、それぞれ五人の与力と二十人の同心を従えていた。鉄炮は口径の大きさによって、細筒、中筒、大筒に分類される。田付家が細筒と中筒、井上家が大筒と、それに加えて大砲を担当していた。

諫早は田付家付きの与力で、細筒と中筒を磨くのをもっぱらとする鉄炮磨同心も、同家に属した。ならば頻繁に顔を合わせてもよさそうなものだが、配属先が違っていた。鉄炮磨同心は石川富坂にある田付家の役宅に配され、城中の御用部屋に詰める諫早とは、滅多に接触する機会がなかったのである。実際、会ったのもこれで二度目だった。

これでもし、諫早がどこにでも転がっている平凡な容貌の持ち主なら、顔を覚えるのも難しかっただろう。

諫早は禿頭――それも僧侶のように剃り上げたものでなく、毛根すら見当たらない、完全な無毛だった。

「見てもらいたい物というのはこれだ」

諫早が小脇に抱えていた筵包みを地面に置き、その場で開いた。長さ二尺ほどの短筒が、姿を現した。

「馬上筒ですね」

「そうだが、この筒には銘が刻まれていない。どこで張り立てた物かわかるか？」

鉄炮を製造することを張り立てるという。おうおうにして、鉄炮の造り手は、製造地と自分の名を銃身に刻み込むものだが、この馬上筒にはそれがないらしい。

銘はなくとも、意匠や細工の違いで見分けられるが、その馬上筒は、素っ気ないほど実用に徹していた。こうなると、筒の来歴を見破るのは容易ではない。

「うちの者たちにも見せたが、誰もわからなかった」

諫早がいう「うちの者」とは、鉄炮方の同心を指していた。鉄炮方という専門職にあっても、所詮、武士である。扱いには長けていても、鉄炮に関する知識は、業務に必要な範囲に限られていた。

数馬は、諫早が訪ねてきた理由に思い当たった。鉄炮鍛冶上がりの数馬なら、と見込まれたに違いなかった。

数馬は鉄炮磨同心になるまで、幕府御用鍛冶を務める近江の国友村で、鍛冶職人として働いていた。婿養子として流山家に迎えられるまでは佐助を名乗り、武士ですらなかったのである。

佐助は、三十軒あまりの鉄炮鍛冶が軒を連ねる国友村の中にあって、中堅どころの平鍛冶の家に、二人兄弟の次男として生まれた。職人気質が凝り固まったような父・藤十郎に育てられた佐助は、物心ついたときには、鉄炮の虫になっていた。

佐助の資質を見抜いた藤十郎は、一子相伝という掟を無視し、長男の太助と同様に扱い、持てる技を叩き込んだ。そこまではよかったのだが、佐助は、母・加代の蒲柳の質を引き、力仕事に向いていないことがわかってきた。

鉄炮鍛冶として生きていくには、致命的ともいえる欠点だった。佐助の将来は閉ざされたかに思えたが、それでも藤十郎は諦めなかった。鉄炮とかかわる道は、ほかにもある。より優れた性能を持つ鉄炮を佐助が考案し、太助が張り立てればいいと考えた。

実際、佐助は、鉄炮造りの技と伝統を継承するだけでは飽き足らず、なにかと創意工夫を加えたがる性格で、いわゆる職人としては、いささか毛色が違っていたのである。

父が示した道に新たな将来を見いだした佐助は、鉄炮について、ありとあらゆる知識を学び、砲術においても名人の域に達した。

それはあくまで、兄弟で実家を守りたてていくための努力だったが、意外な形で報われることになった。

のちに義父となる鉄炮方同心・流山丹兵衛が、務めの関係で国友村を訪れた際、佐助と会う機会があった。佐助が鉄炮に関して並々ならぬ知識と造詣を持ちあわせていると知った丹兵衛は、大いに興味を持った。それというのも、丹兵衛は一人娘しか恵まれず、婿養子を探していたからだった。それから二、三度会ううちに、佐助の人柄も気に入った丹兵衛は、一月にわたる国友村での滞在を終えるころには、この男こそが、流山家の跡継ぎに相応しいと思うに至り、佐助を婿養子に欲しいと申し入れてきた。

藤十郎は当初、難色を示したが、佐助が公儀の鉄炮方になれば、国友村のためになると考え直し、丹兵衛の申し出を受け入れた。国友村の鉄炮鍛冶から鉄炮方になった例はそれまでにもあり、身分違いの養子縁組が問題にされることはなかった。

「手にしてもよろしいですか?」

「もちろんだ」

　諫早から許しを得た数馬は、筵の上から馬上筒を取り上げた。じっくり吟味してから、思うところを述べた。

「おそらく、日野村で張り立てたものでしょう」

　日野村は琵琶湖東岸に位置する、かつて栄えた鉄炮製造地のひとつである。

「おいっ、聞いたか？」

　なぜか、諫早が後ろを向いて声を放った。その声に応じ、鉄炮蔵へと続く通路に、諫早と同年輩の男が姿を現した。

　背丈は五尺そこそこだが、横幅があるせいで大きく見える。眉と目の間隔がほとんどない、いかつい相貌の持ち主で、しかも三白眼だった。

　なんらかの思惑で黒羽織を纏い、御家人に成りすまして、城へ侵入した不審者としか思えないその男に、

「おそらくなどと、もったいぶった物言いをするな。どうなのだ、日野村に相違ないか？」

　いきなり問い質された数馬は、言葉もなく、うろたえた。

「こいつは、俺の幼いころからの友人で、小人目付を務めている大崎六郎だ」

　諫早が口を添えたが、小人目付と聞いて、数馬はますます面食らった。数馬のような

下っ端の御家人を取り締まるのが、小人目付の役目である。

「いいから、問われたことにさっさと答えろ」

やくざに絡まれたも同然だった。押し切られた形で、

「はい、間違いありません」

数馬は蚊の鳴くような声で答えた。

「根拠は？」

「よく似た物を、目にしたことがありますので」

「それだけか？」

「ほかにもあります。この筒が時代のついた古銃であることは一目瞭然です。そしてこの筒には、うどん張りという独特な工法が用いられています」

「鉄炮を造るのにうどんを使うのか？」

大崎が冗談とも思えない口調で問い、

「どこかで耳にしたことはあるが……」

諫早も、自信なさげにいった。

「銃身を張り立てる方法には、二通りあります……」

数馬は、そこから説明を始めた。

ひとつは真金（まがね）、あるいはマキシノと呼ばれる心棒に、熱した瓦金（四角く伸ばした鉄

板）を筒状に丸めて巻きつけ、継ぎ目を湧付け（加熱した鉄を槌で叩いて伸ばしたり、鍛接すること）するやり方で、真筒、あるいは、うどん張りと称される。

もうひとつは、真筒にさらに葛（細長く伸ばしたリボン状の鉄板）を巻き重ね、湧付けするやり方で、それを巻張りと呼ぶ。上等な鉄炮になると、葛を二重にすることもある。

二つの工法の違いは銃身の強度に現れる。当然、巻張りのほうが、うどん張りよりも強い。

性能の劣るうどん張りは、その分、安く取引された……。

「ここを、ご覧下さい」

数馬は馬上筒の巣口に爪の先を当てた。

「うっすらと、継ぎ目が残っているのが、わかりますか？」

大崎と諫早が首を揃えて、うなずいた。

「これが巻張りにはない、うどん張りの特徴です。堺や国友村などでは、当初から巻張りを採用しましたが、日野村の鍛冶は技術が遅れていて、かなり後になるまで、うどん張りしかできませんでした。ちなみに、この筒には柑子もありません。それがまた、うどん張りであることを示しています」

「柑子ってなんだ？」

と大崎。

「巣口の膨らみのことで、意匠を兼ねています。丸柑子、芥子柑子、角柑子の三種類があり、例えば、堺で造られた鉄炮には、芥子柑子がよく見られるように、製造地によって異なります。砲術の流派によっては、わざと柑子のない鉄炮を造らせることがありますが、うどん張りは銃身の太さを変えられないので、柑子の加工そのものができないのです。さらにこの筒が日野村製であることは……」

数馬は説明を続けようとしたが、

「もういい、俺の負けだ」

首を振った大崎が、袂から一分金を摘み出し、諫早へ放り投げた。

諫早がそれを宙で摑み取り、

「おぬしのお陰で、鉄炮方の面目を保つことができた」

と、数馬に礼をいった。

「はあ?」

なにが起きているのか、さっぱりわからない。数馬は首を傾げた。

「なにが面目だ、ちゃんちゃらおかしい。鍛冶上がりの鉄炮磨に、救われただけではないか」

大崎が悔し紛れに、数馬を中傷するような言葉を吐いた。

「流山、気にするな。こいつは生まれつき口が悪い。見かけも怖いが、これで案外、情の厚い男だ」

諫早が、取りなすように口を挟んだ。

「いえ、本当のことでございますから。そんなことより、そろそろ種明かしをして戴けませんか？」

数馬は穏やかな口調で頼んだ。

「お前には問う資格がある。せっかくだから、御小人目付様から答えてもらおうか」

諫早に振られた大崎が、舌打ちしてから、話しだした。

「昨夜、番町で事件があった。綾瀬成匡という旗本が、屋敷の門前で撃たれて殺されたのだ。その亡骸の近くにもう一体、家来の高部隼人という者が、やはり弾瑕を受けて果てていた。この筒を抱き抱えるようにしてな」

「そんなことがあったのですか。ちっとも知りませんでした」

目を丸くした数馬に、

「番町では大騒ぎになっている。いずれ噂が広まるだろうが、現場の状況から察するに、まず高部が綾瀬を撃ち、そのあと、自ら始末をつけたのは間違いない。それはともかく、この筒を綾瀬家の用人に見せたところ、綾瀬家の所有物であることがわかった。なんでも先祖が関ヶ原の合戦で手柄を挙げたとか、謂れのある品で、日野村で造られたことも、ちゃんと伝わっていた。事件も落着したことだし、そういうことなら、この筒はお返ししますとなったのだが、もう要らぬと突き返された」

「どうしてですか？」

「今回のことで、綾瀬家の家宝に瑕がついた。そんな不吉な物は二度と見たくないそうだ」

「鉄炮に罪はございませんのに」

数馬は声を沈ませた。

「まあそんなこんなで、引き取り手がなくなってしまい、俺は諫早に託して、鉄炮蔵へ放り込んでもらおうと思ったわけだ」

その先は、諫早が引き継いだ。

「持ち込んだついでに、こいつは余計なことを思いついた。鉄炮方なら、この無銘の筒が、どこで張り立てられたかぐらいわかるだろうと、賭けを挑んできた。一分も失くすことになろうとは夢にも思わず……」

「ふんっ」

大崎が、鼻を鳴らした。

「鉄炮方では誰も鑑定できなかったくせに。当てずっぽうを口にした者もいたが、見当外れもいいところだった。流山の親父さえ、しゃしゃり出てこなければ、賭けは俺の勝ちだった」

「え、義父上が？」

　数馬は思わず、問いを挟んだ。

「うちの婿なら筒の素性を見破れます。ぜひ、お見せ下さいと。だからわしは、藁にも縋る思いで、ここまで大崎を引っ張ってきたのだ」

「なるほど、そういうことでございましたか」

　納得した数馬は、大崎に顔を向け直した。

「それにしても、どうしてまた綾瀬様は、御家来に撃たれるようなことになったのですか？」

「詳しいことは話せないが、触りくらいは教えてやろう。綾瀬はしばらく前に役を解かれ、小普請組に落とされた。それを不服として、夜な夜な出歩いては、悪所に入り浸っていたらしい。ようするに高部は、先祖代々仕えてきたお家のために、馬鹿殿を誅したというわけだ」

「高部という方は、いまどき珍しい忠義者だったのですね」

「その通りだ。ただ、やり方を間違えた。鉄炮など使わなければ、事が明るみに出ることはなかった……」

　大崎が惜しむように言った。

「綾瀬家は、お取り潰しになるのですか？」

「当然だろう。せめて屋敷内でやり遂げていれば、隠しようもあったのにな……。おいっ、聞いてるのか？」

数馬は、手に持った馬上筒に視線を落として考え込んでいた。

「すみません、気になったことがあったもので。べつに大したことではないと思いますが……」

「いいから言ってみろ」

「私とは違って、高部さんは武家のご出身ですよね。こうなることくらい、わかっていたはずです。そこを考えると、いささか奇妙ではないかと」

「それは酒に酔っていたせいだ。二人とも血塗れだったが、酒の匂いをぷんぷんさせていた。高部に、まともな判断ができたとは、とうてい思えない」

「それならそれで、おかしいのでは？」

「なにがだ？」

「そこまで酔っていたら、鉄炮の扱いが難しくなります」

「はあ？　引き金を落とすだけのことだろう」

「その前の準備があります。馴れた者でも、結構、梃子摺ったと思います。しかも撃ったのが二発となると……」

「弾を込めるのは、そんなに難しいのか？」

「手順そのものは簡単ですが、この馬上筒は二匁玉（直径一〇・七ミリ）を用います。弾の大きさはこの穴より、若干小さいと思って下さい」

数馬は大崎に見えるように、馬上筒の筒先を上に向けた。さらに説明を加える。

「なぜ弾を小さくするかというと、火薬が爆発した熱で、鉛が膨張するからです。弾詰まりが起きると銃身が破裂してしまい、極めて危険なのです」

「弾の大きさ一つとっても、いろいろあるもんだな」

感心したように呟いた大崎が、巣口に顔を寄せた。じっくりと見て弾の大きさを推し量ると、

「それほど小さくもないが、酔っていたら、たしかに難しそうだ」

「ほかにも、筒に上薬を流し込んだり、火皿に元薬を盛るなど、細かい作業をいくつかしなくてはなりません」

「ようするに、鉄炮を撃つには、しち面倒臭い手順を踏まなくてはならないわけか」

「たしかに一理あるが、鵜呑みにするのもどうかと思う」

諫早がたまりかねたように口を挟んだ。

「ほう」

「弾込めは、そんなに難しいことではない。倅には五歳のときに教えたが、一度で覚えたぞ」

「へえ、そうかい。親馬鹿の意見として聞いておこう」

軽くあしらった大崎が、いきなり数馬の手から馬上筒を捥ぎ取った。

筵を拾い上げ、すたすたと歩きだす。

「おい、まだ話の途中だぞ」

諫早が怒鳴ったが、

「もう少し、この事件をほじくってみる、そのためにも、この筒は手元においておく」

大崎は背を向けたまま応じ、あばよと手を振った。

諫早が舌打ちを放ち、

「また悪い癖を出しやがった。あの馬鹿、せっかく片付いた事件を蒸し返す気だ」

お前が余計なことを言ったせいだとばかり、数馬を睨みつけた。

四

「若狭、婿どのは戻っておるか？」

麻布の役宅に帰宅した流山丹兵衛は、玄関まで迎えに出た娘に、大小を渡しながら訊ねた。

「あら、お父さま、お忘れになったの。数馬さまはお仕事が退けたら、鉄炮会所に立ち寄るので、遅くなるとおっしゃっていたではないですか」

「そうであった。わしとしたことが、すっかり忘れておったわ」

五十も半ばを迎えた丹兵衛は、近頃とみに物忘れがひどくなっていた。

「数馬さまに、なにか急な御用でもございましたの？」

「おお、それそれ、早く婿どのにたしかめたいことがあってな」

「なにをでございますか？」

「じつはきょう、御城で面白いことがあってな……」

丹兵衛はその場に立ったまま、大崎という小人目付が、鉄炮を持って鉄炮方の御用部屋を訪れたことから、その筒の鑑定を巡って起きた出来事まで一気に語った。

「……それで、うちの婿どのなら筒の素性を見破れると、わしは諫早様に推挙したのだ。ところが、大崎様を連れて婿どのに会いに行ったきり、大崎様は御用部屋へ戻ってこられなかった。その後どうなったかわからず、あとは婿どのにたしかめるしかないと、急ぎ帰宅したというわけだ。もっとも婿どののことだ。見事、やり遂げたに違いない。これでいよいよ鉄炮方の同心になれるぞ」

「そういうことでございましたか」

「なにがおかしい？」

不自然に歪(ゆが)んだ若狭の口元を、丹兵衛は見逃さなかった。それは若狭が笑いを堪(こら)えるときの表情だった。

「だって、お父さま。わたしも、数馬さまならと思いますけど、それだけで鉄炮方同心というのは、いくらなんでも気が早すぎませんか？」

「むむっ」

痛いところを衝かれて、丹兵衛は唸った。

数馬を婿養子に迎えると決めたときから、丹兵衛は隠居を心待ちにしていた。務めはもうじゅうぶん果たした。余生はのんびり楽しみたいと。

ところが、たまたま鉄炮磨同心に欠員が生じた。数馬が成り立ての武家であることもあり、見習い修行を兼ねて鉄炮磨同心に配属されることになってしまった。

丹兵衛の隠居願いが見送られたのは、いうまでもない。

丹兵衛は抗議したが、受け入れてもらえなかった。いずれ数馬を丹兵衛の跡を継ぐ形で鉄炮方同心にするとの約束を得て、引き下がるしかなかった。

一日も早く、その日が来ることを待ち望んでいる丹兵衛にとって、この半年が十年にも感じられたのだ。

「お父さまの気持ちも、わかりますけど」

「けどとはなんだ、けどとは。婿どのに鉄炮磨きなんぞという詰まらぬ仕事をさせるために、お前を娶わせたのではない。婿どのはな、鉄炮方同心はおろか、与力すら立派に務まるほどの逸材なのだ。宝の持ち腐れとは、まさにこのことだ」

「そんなに焦らなくてもよろしいではありませんか。お父さまは、隠居するには早すぎますし、数馬さまも、いまのお仕事に満足しておられます」

「わしは、まさに、そこを危惧しておるのだ。肝心な婿どのに欲がなさすぎる。人を押し退けてでもという気概もなければ、自分の力を周囲に示そうともしない。あれでは鉄炮を磨くしか能がない男だと思われてしまう。お前もお前だ。そんな婿どのに甘すぎる。お前が発破をかけるくらいでないと、婿どのは奮起せぬ。だから差し出がましいと思いつつ、わしは婿どのを売り込んだのだ」

花がしおれるように、若狭がうつむいた。

丹兵衛もさすがに気づいた。興奮に任せて、言わなくてもいいことまで、口走ってしまったと。

十年前に妻を亡くした丹兵衛は、男手ひとつで若狭を育ててきた。それで絆が強くなったということもあるのだろう。目に入れても痛くないほど、愛おしい娘だった。

後悔の念に駆られた丹兵衛は、

「それもこれも、お前たちの幸せを願ってのことだ」

優しい声でつけ加えた。

――むむっ。

そこで初めて、勘違いを悟った。

若狭は、うな垂れていたのではない。赤く染まった頬を見られぬよう、顔を伏せて隠していた。

武家の社会ではよくあるように、数馬と若狭も、祝言の場が初対面だった。それで一生連れ添うのは、一か八かの賭けというもので、そこは丹兵衛も案じていた。

幸い、若狭は、丹兵衛が選んだ男を、気に入ってくれたようだった。夫婦仲も良好で、この先、ずっと連れ添っていけそうに見えた。

それがまさか、ここまで惚(ほ)れていたとは。

熱くなった丹兵衛に、なにをいっても無駄だと思った若狭は、小言の嵐がすぎ去るのを待つ間、数馬のことを想(おも)い、好きな男と暮らせる幸せに浸っていたのだ。いかな朴念仁の丹兵衛でも、それと気づくほどに。

およそ野心というものがない数馬は、頼りない男であり夫である。若狭はそれを欠点とは少しも思わず、むしろ好ましく感じているらしい。

女心の妙としかいいようがないが、娘が幸せであることに変わりはない。丹兵衛も、そこは嬉(うれ)しく思った。

ただ、もじもじと恥じらう若妻の姿は、見ているほうが気恥ずかしくなる類のものだった。

若狭を正視していられなくなった丹兵衛は、咳払いをひとつくれてから、

「急いで戻ったせいで、腹が空いた。夕餉の支度は整っておるか？」

「はい、お父さま」

若狭が、いそいそと台所へ向かっていった。

なにげなく若狭の後姿を見送った丹兵衛は、またしても目の遣り場に困る羽目に陥った。

娘はいつのまにか、女になっていた。それも艶かしい女に。それが腰回りのくねくねとした動きに現れていた。

——見てはならぬものを見てしまった。

こんどは、丹兵衛が顔を伏せる番だった。

五

四谷御門にほど近い、四谷仲町にある鉄炮会所は、国友村が幕府との窓口として設けた施設で、土地の賃貸料、建築費、さらに一年交代で村人たちが詰めるために要する旅費や逗留費に至るまで、一切の掛かりを国友村が負担していた。

国友村の出先機関に相応しく、鍛冶場も併設され、ここで鉄炮を張り立てられるだけ

の設備も整っていた。

いま、その鉄炮会所の庭先で、二人の鍛冶職人が額に汗して働いている。

鉄炮を張り立てているのではない。棒状の鞴の先に、銃の床尾と思しきものを押し付け、空気を吹き込むという、なんとも不思議な作業に取り組んでいた。

それを、縁側に腰を下ろし、好奇の視線で見守っていた数馬が、隣に座っていた男に顔を向け、

「あれを、それに繋ぐのですか？」

あれとは、作業中の床尾のことであり、それとは、男が膝に載せた床尾のない鉄炮のことで、二つは明らかに対をなしていた。

「そうだ」

と答えたのは、二十歳の数馬よりふたまわりは年上で、身形は侍だが、額の広い聡明な顔立ちは、刀よりむしろ書籍が似合いそうな男だった。

国友一貫斎――西洋の科学技術をもとに、反射式望遠鏡、懐中筆（万年筆）、玉灯（ランプ）、無尽灯（自動給油式の灯火器具）、弩弓（連射が可能な鉄製の弩）など、数々の発明、製造に携わり、のちに我が国の近代科学の祖として、日本のエジソンとまで称されることになる人物である。

安永七年（一七七八）、国友鉄炮鍛冶年寄脇の家に生まれ、幼名は藤一。十七歳で国友

藤兵衛能当九代目を継いでからは、重恭を名乗った。一貫斎は号——ほかにも眠龍とも号した——で、姓の国友も国友村が幕府御用達となって以来、対外的に統一されたもので、本来の姓は辻村である。

数馬は、国友村にいた当時、一貫斎の家に通いつめて、鉄炮についての教えを請うていた。また砲術についても、種子島流、荻野流、南蛮流など諸流を習得した一貫斎から、直かに手ほどきを受けた。

文化十三年（一八一六）の五月、一貫斎が江戸へ出たので交流が途絶えたが、そのあと、数馬が流山家の婿養子に迎えられることになった。師弟が離れていたのは、結局、一年三ヶ月ほどだった。

「弾は一匁五分（直径九・七五一ミリ）でしょうが、それにしてもずいぶん細い筒ですね」

口径は小さくとも、銃身はそれなりに厚みを持たせるのが普通である。床尾のないその鉄炮は、まるで吹き矢の筒のように銃身の肉が薄かった。

「圧縮した空気の圧力で弾を撃ち出す仕組みなので、銃身は薄くても差し支えない。もっとも銃力がないせいで、軽い弾しか飛ばせない。小鳥を撃ち落とせれば上出来だろう」

銃力とは一貫斎の独特な言い回しで、弾を撃ち出す威力を指していた。

「原理は紙鉄炮と同じなのでしょうが、それを武器にするとは、よく思いついたものですね」

「それもずいぶん、昔にな」

きょう数馬が鉄炮会所に赴いたのは、ほかでもなく、空気で弾を飛ばす鉄炮——阿蘭陀（オランダ）渡りの風砲（ふうほう）（空気銃）を、見せてもらうためだった。

いまでは時期すらわからなくなった遠い昔、阿蘭陀から将軍家に献上され、『献上風砲』と称されるもので、破損したきり使えなくなっていた。なんどか修理が試みられたが、名工の手をしても叶（かな）わず、そのまま簞笥（たんす）の肥やしになっていたという。

その風砲がいま鉄炮会所にあるのは、一貫斎が、知人で蘭学の知識を持つ近江国膳所（ぜぜ）藩の藩医・山田大円（やまだだいえん）の仲介により、幕府から内々に修理を仰せつかったからだった。

一貫斎が現物を受け取ったのは、たった一月前のことである。それ以前に、山田大円を通じて、風砲の仕組みについて予備知識を得てはいたが、かつて誰もなしえなかった難事を、こんな短期間でやりおおせたのは、一貫斎ならではの快挙だった。

「もうそのくらいでいいぞ」

一貫斎が鍛冶職人に、空気詰めの作業を止めさせた。鍛冶が鞴から床尾を外して一貫斎に手渡した。

床尾と銃身は螺子（ねじ）で脱着する仕組みになっている。一貫斎が床尾をくるくると回して装着を終えた。

「やれることは全部やった。あとは野となれ、山となれ、だ」

一貫斎の口ぶりで、修理後、初の試射であることがわかった。

数馬はわくわくしてきた。

「きっとうまく行きます。早く試して下さい」

ここでなぜか一貫斎が、風砲を数馬の膝の前に置いた。

「えっ、初撃ちでしょう。とんでもない」

数馬が固辞すると、

「ほう、師匠の頼みが聞けぬと申すか」

一貫斎が目を尖らせた。顔は怖くても、声は笑いを含んでいる。冗談だとわかったが、

「いえいえ、それだけは」

師を差し置いて、できることではない。

「顔に嬉しいと書いてあるぞ。若い者が遠慮なんかするな。久しぶりに、お前の腕も見てみたい」

「そうですか。では遠慮なく」

風砲を手に庭へ下りた数馬は、儚(はかな)げな瞳をいつになく輝かせていた。

的はすでに庭の隅に用意されていた。といっても、四尺の棒の先に、厚さ半寸、一尺

四方の板を、釘で打ちつけただけの簡単なもので、板の真ん中には、枇杷の実ほどの大きさの丸印が墨で描かれていた。

的まで三間残して、数馬はいったん足を止めた。

「もっと近づいたほうがいいですか？」

「いや、そこからでいい」

数馬は風砲を立ち放しに構えた。

「うん？」

思わず、首を捻った。

火縄銃は床尾を頰に押し当てて固定する。いわゆる頰付けだが、それをするには、風砲の床尾が長すぎたのだ。

もしかしたらと思い、数馬は風砲の床尾を肩に当ててみた。

「なるほど」

すっきり収まっていた。

構えが決まると、黒丸を狙い、引き金を落とした。

ぽんっ
鼓を軽く打ったような銃声がして、的の向きが少し変わった。

弾は黒丸の一寸、右横に当たっていた。それが板に出来た窪みでわかった。

的は外していたが、一貫斎は数馬が撃ち損じたとは思わなかったらしい。

「右に逸れる癖があるな」

風砲そのものに原因があると指摘した。

国友村では鍛冶職人が砲術を身につけることを奨励し、毎年、秋祭りの日に射撃大会を催していた。数馬は十歳のときから、大人たちに混ざって参加し、十二歳で並みいる強豪を抑え、一等を勝ち取った。それ以後、首位の座を護り続けた。

数馬にはもともと天賦の才が備わっていたが、それを見抜いて開花させたのは一貫斎である。

数馬の射撃の腕前を誰よりも知る一貫斎だけに、その指摘は的確だった。

撃った本人も、同じことに気づいていた。

「そのようですね」

「破壊力はともかく、なかなか面白いな」

「ええ、音がほとんどしませんでした」

「撃った衝撃で、筒先が跳ね上がることもなかったな」

「床尾を肩に当てるのも、案外、いい感じでした」

「頬付けより、銃身を安定させられそうだな」

そこは鉄炮の虫同士。一度の試射で風砲の長所を摑み取り、早くも分析を始めていた。

「一貫斎様なら、もっと優れた風砲を造れますよ」

「少し手を加えるだけで、格段に性能は上がるだろう。改良すべきところも、だいたいわかった」

一貫斎が自信をのぞかせ、さらに、

「それとは別に、火縄銃の床尾を長くしてみるのも面白そうだな」

「試す価値があると思います」

「その程度のことなら、すぐできる」

「いまから楽しみです」

「さて、次はわしの番だな」

足袋（たび）のまま庭へ下りた一貫斎が、着物の袖を捲（ま）くりあげた。

第二章

一

その夜、木戸が閉じられる刻限になって帰宅した数馬は、

「夕餉(ゆうげ)は済まされましたか？」

若狭に問われて初めて気づいた。

あれからも数馬は、一貫斎と風砲の試射に没頭してしまい、食事を摂(と)るのを忘れていた。

「それが、その……」

正直にいうのは、さすがに恥ずかしかった。子供じゃあるまいし、と自分でも思う。

「ふふ」

なにもかも察したように、若狭が小さく笑った。

数馬は照れ隠しに頭を掻いてから、大小を抜き取って若狭に手渡した。

そのとたん、羽が生えたように、身も心も軽くなった。

数馬は武家になるまで、腰に刀を帯びたことがなかった。初めて大小を差したときには、まっすぐ歩けないくらい腰がふらついた。重さに慣れてからはそんなことはなくなったが、刀を差すのは、いまだに苦痛だった。

そもそも、刀の扱いを学んだ経験もなければ、腕っ節も弱い数馬が、いざというとき、刀を役立てられるわけがない。それどころか、もし刀を抜いたりしようものなら、逆に危険が増してしまう。刀を抜いた相手に、徒手で向かってくる馬鹿はいないからだ。

数馬にとって、刀はただの飾りでしかない。ただの飾りのせいで、命を失いかねない目に遭うなど、どう考えても不合理だ。大小を見るだけでも憂鬱になるのは、つまりそういうわけだった。

それでも唯一の救いはあった。数馬が刀を遣えないと知っていながら、丹兵衛は黙認していた。武芸を習えと、強制してこなかった。

丹兵衛は武家であるにもかかわらず、鉄炮方の同心に必要なのは、鉄炮の腕前だけという、不思議な考えの持ち主だったのである。

「すぐ支度しますから、着替えはあとにして、お茶の間で待っていて下さい」

大小を抱えた若狭が、刀を置きに居間へ向かった。

数馬は言われた通り、茶の間へ行った。腰を下ろしたところへ、寝間着姿の丹兵衛が、顔を出した。

「うるさかったですか？」

物音で目を醒ましたのだろうと思って訊いたが、

「そうではない。婿どのの帰りを、首を長くして待っておったのだ」

「遅くなって、すみません」

「務めに励んでのこと、気にせずともよい。そんなことより、諫早様が婿どのを訪ねられたはずだが」

「そういえば、御小人目付の大崎様とご一緒に、おいでになりました」

「それで、どうだった？」

「はあ……」

いきなり問われて、数馬は戸惑った。

「まさか、筒の鑑定ができなかったのではあるまいな」

言いながら詰め寄ってきた丹兵衛の眉が、吊り上がっていた。

「そのことでしたら、日野村で張り立てられた物だと申し上げましたところ、当たっておりました」

「おお、さすが婿どの。諫早様も、さぞかし驚かれたことであろう」

「そんな風でした」

「それが聞きたくて、婿どのの帰りを寝ずに待っていたのだ。諫早様に、婿どのの力を知ってもらえて、本当に良かった」

丹兵衛が手を打って喜んだ。

と、そこへ、若狭が膳を整えて現れた。

「あら、お父さま、まだ起きていらしたの?」

「ちょうど話が済んだところだ。わしはもう寝る」

なぜか、ぶっきら棒に応じた丹兵衛が、寝所へ引き揚げていった。

「一貫斎様はお元気でしたか?」

櫃(ひつ)の飯を茶碗(ちゃわん)によそいながら、若狭が訊ねてきた。

「ええ、とても」

「ご用件は何でしたの?」

「阿蘭陀(オランダ)渡りの風砲のことです」

「ふうほう?」

「風に砲術の砲と書きます。火薬を使わず、空気の力で弾を飛ばす鉄炮のことです」

「まあ、そんな鉄炮が……」

若狭が、わざとらしいほど目を丸くした。話題はなんであれ、夫婦水入らずの時を過ごしたいのだろう。そこは数馬も同じ気持ちだった。

「西洋には、そんな鉄炮まであるのです。一貫斎様によれば、火縄が要らない鉄炮や、続けて何発も撃てる鉄炮が、すでに発明されているそうです」

「ご覧になりたいでしょうね」

「ええ、是非、見てみたいものです」

　武家では食事中の会話は行儀が悪いとされる。丹兵衛がいれば、咳払い(せきばら)をされるところだが、数馬は箸を取ってからも続けた。

「じつは、そんな新式の西洋筒が何挺(ちょう)か、長崎の出島(でじま)を通して入手され、御城内のどこかに秘(ひそ)かに保管されているという噂(うわさ)を、耳にしたことがあります。もしその噂が本当だとしても、私みたいな下っ端の目に触れることはありませんけど」

　なぜか、若狭が眉根を寄せた。

「婿どの、西洋筒を見たくば、一日も早く、鉄炮方同心になることじゃ……お父さまがいらしたら、きっとそう申されますね」

「でしょうね。私が不甲斐(ふがい)ないせいで、義父上(ちちうえ)が、やきもきされているのはわかっています。私もなんとかしたいと、思ってはいるのですが……」

「数馬さまのせいではありません。そのうち、なんとかなります。できれば、その日が来るのが遅いほうが、いいくらいです」

「遅いほうが？」

「ええ、二人も稼ぎ手がいるお陰で、家計が楽になりましたから」

若狭が、くすりと笑った。数馬も釣られて笑顔になった。

「もっとも、鉄炮方同心になれたとしても、西洋筒は見られそうにありません。公儀は所有していることを秘密にしています。見ることを許されるのは、ほんの一握りの人たちです」

「そんなにしてまで、隠しておかなくてはいけないことなんですか？」

「そうすることで、諸大名を牽制（けんせい）しているのです。公儀も持っていないものを、諸大名が買うわけにはいきませんからね。ようするに公儀は、西洋筒を揃（そろ）えて謀反に及ばれたら、大変なことになると恐れているのです」

ですが、と数馬は言葉を繋（つな）いだ。

「西洋筒を諸大名に持たせさえしなければ、この国は安泰かというと、それがそうもいきません」

「それはまた、どうしてですか？」

「もし西洋の国が攻めてきたら、さて、どうなることか」

武家で育った娘なのに、若狭には子供のように無邪気なところがある。

頬に人差し指を当てて考えると、

「まあ、恐ろしい」

寒さに凍えるように身を竦めた。

実際、日本を取り巻く情況は、二十六年前の寛政四年（一七九二）九月、根室にロシア船が出没したのを皮切りに、かなりきな臭いものになっていた。

この船には海難事故に遭ってアリューシャン列島のアムチトカ島に漂着後、ロシア人に保護された大黒屋光太夫ら、三名の日本人も乗船していた。エカテリーナ二世の意を受けたロシア特使・ラクスマン中尉が、彼らの送還を交渉材料に、通商を求めてきたのである。

幕府は、ロシア船の長崎への寄航を許したものの、あくまで通商は拒んだ。足がかりを得たロシア側は、文化元年（一八〇四）、こんどはレザノフを使節に立てて長崎に来港、再度、通商を要求した。

幕府はこれも拒否。不服としたロシア側は外交方針を変更し、文化三年九月、樺太の松前藩会所を襲撃。幕府は翌年三月、蝦夷地を直轄地とする対抗策を打ったが、効果はなかった。四月に択捉島を砲撃され、五月には箱館奉行所を襲われてしまう。現実に領土を侵された幕府は、それまでの懐柔策を見直して、ロシア船の打払令を発し、上陸しようとする者は捕縛せよと命じた。

ロシアとの対応に苦慮する一方で、文化五年八月、オランダ船に偽装したイギリス船フェートン号が長崎港に潜入、出迎えに向かったオランダ商館員二名を人質に、薪水と食料を要求する事件が勃発した。

この有事に、幕府は醜態を曝してしまう。長崎港の警備には、佐賀藩鍋島家と福岡藩黒田家が年交代で当たっており、その年の担当は佐賀藩だったが、佐賀藩は幕府に無断で人員を削減し、千人番所と称された警備態勢に配置した人員は、わずか百人余りだった。

対するフェートン号は、三十八門のキャノン砲を備えた最新鋭のフリゲート艦で、要求を受け入れない場合、長崎の町に艦砲射撃を浴びせると威した。当時の長崎奉行・松平康英は、イギリス側の要求を丸ごと受け入れざるをえなくなり、フェートン号は悠々と出港していった。松平康英はその責を負って切腹した。

かように西洋の脅威を推し量る材料はすでに出揃っていたが、幕府の危機感は意外なほど薄かった。庶民に至っては皆無に等しく、泰平の世がいつまでも続くものと信じ切っていた。

「あったとしたらの話です。そんなに怖がらなくていいですよ」

数馬が心にもないことを言ったのは、一家の主婦を怖がらせても仕方がないと思ってのことだった。

一貫斎も常々、口にしている。いまだに海外との交流が必要だとも気づかないこの国は、将軍家が倒れるような大事が起きない限り、泰平の惰眠から醒めることはないだろうと。

「そんなに心配しなくても、大丈夫なんですね？」

若狭が、念を押すように訊いてきた。

答える代わりに、数馬は笑みを浮かべてうなずいた。

やっと若狭も安心したらしい。

「ご馳走さま」

数馬が箸を置くと、

「お粗末さまでした」

なにごともなかったように、後片付けを始めた。

二

翌日は非番だったが、数馬は普段より早く起きて、役宅の庭で草毟りをしていた。

庭の手入れなどという優雅なものではない。

貧乏御家人にとって庭とは、季節に応じた作物を作り、乏しい家計を補うための畑であり、数馬がせっせと取り組んでいたのも、畑仕事にほかならなかった。

せっかくの休みを、畑仕事に当てなくては暮らしが成り立たない。武士としては惨めで辛いことなのだろうが、数馬は、少しも苦にしていなかった。

物を創るという意味では、野菜も鉄炮と等しく悦びを与えてくれる。畑仕事は、非番の日の楽しみですらあった。

「えっ？」

まだ二月だというのに、塀際の一角に立てられた竹の柵に青い蔓が絡んでいる。数馬が来たときからあったその柵は、朝顔が好きな若狭が設えたものだった。

このところの陽気続きに、去年落ちた朝顔の種が芽吹いたらしい。さすがに葉は少なく蔓も二、三寸しか伸びていないが、よく見ると、驚いたことに、早くも蕾を付けていた。

数馬は草毟りの手を止め、柵に近づいた。しゃがんで豆粒のような蕾に顔を寄せ、そっと問いかける。

「何色の花を咲かせるつもりかな？」

「さあ、何色でしょうね」

声に振り向くと、若狭が縁側に立っていた。

「わたしが朝顔が好きだと知った友達が種をくれたのです。でも何色が咲くのか、聞き忘れてしまいました」

「それはそれで楽しみですね」

「それだけじゃありません。貰ったのは変わり朝顔の種です」

「変わり朝顔？」

「ご存知ないようですが、最近、巷でとても流行っています」

変わり朝顔とはその名の通り、変種の朝顔のことである。宝暦の頃に登場したときには、珍奇なところが一部の好事家に受けた程度だったが、文化期に入ってから、下谷の植木職人たちが競って新種を創りだしたことで一般にも広がり、爆発的な人気を博していた。

「種類もたくさんあって、『阿さ家宝叢』という本には、全部違うものが、五百も紹介されているそうです」

「ちっとも知りませんでした。朝顔といえば夏ですけど、変わり朝顔は育ちも早いようですね」

若狭もそこまでは知らないらしく首を傾げた。

「今度、友達に会ったときに訊いてみます。お汁が冷めてしまわないうちにお早くどうぞ」

「すぐ行きます」

数馬は畑仕事を切り上げて茶の間へ向かった。この日も出仕する丹兵衛が、ちょうど食事を終えたところだった。

ゆうべ寝たのが遅かったので、丹兵衛は瞼をぷっくりと腫らしていたが、

「諫早様と顔を合わせるのが楽しみだ」

嬉しそうに腰を上げた。

数馬は若狭と一緒に、丹兵衛を送り出してから、朝餉を摂った。茶の間でしばらく寛いだあと、また庭へ出た。

「数馬さま、お客様がお越しです」

若狭が来客を告げたのは、草雀りを終えた頃だった。

江戸に知り合いが少ない数馬は、怪訝に思いつつ問い返した。

「どなたが来られたのですか?」

「俺だ」

あらぬかたから、声が応じた。小人目付の大崎六郎が、図々しくも玄関脇から、庭へ廻り込んでいた。

「これはこれは、大崎様でしたか。どうぞ、お上がり下さい」

非礼を気にするでもなく、数馬は大崎を庭に面した座敷へ誘った。

「いや、ここでいい、ちょっと立ち寄っただけだ」

大崎は若狭へ顔を向けて、

「お構いなく」

茶菓も断った。

「まあそうおっしゃらず、ごゆっくりなさって下さい」

若狭が会釈して台所へ去った。大崎が切り出した。

「高部には、鉄炮を撃てるだけの知識はあったそうだ」

「えっ、もう、調べがついたのですか？」

きのうのきょうである。数馬は大崎の行動力に驚いた。

「あれから綾瀬家の用人にもう一度、会いに行っただけのことだ」

大崎は、しごく当然のように答え、

「だが、知識があるといっても、正式な流派に学んだわけではない。先祖の馬上筒(ばじょうづつ)を家宝にする綾瀬家に奉公するうえで、恥をかかない程度のものでしかなかった。高部に教えたのもその用人殿で、実物を前に口頭で手順を説明しただけだそうだ。呑み込みは良かったというが、泥酔した高部に、弾込めができたとは思えない。この事件には、なにか裏がある」

「撃ったのは、高部さんではなかった、ということですか？」

「当然、そういうことになる」

「たしかに、泥酔した高部さんでは、弾込めができなかった可能性は高いと思います。

しかし、できなかったとは言い切れません」

「仮に弾込めができたとしても、高部は鉄炮を撃った経験もないど素人だぞ。刀を持っていたのに、わざわざ鉄炮など使うか。そこからしておかしい」

「とも、限りません」

「なにが言いたいのだ?」

「どうして素人が鉄炮を使ったのか、理由はわかりませんが、近くから撃てば、確実に相手を殺せます。素人ゆえに、相手に刀を抜かせないように鉄炮で脅し、外さない距離まで近づいてから、撃ったと考えることもできるのでは?」

「お前、そうとう理屈っぽいな」

「すみません、性分なもので」

「いや、それでいい。思うところを言ってくれ。俺の上司も細かいことを気にする性質(たち)だ。お前の疑問に答えられないようでは、いったん片付いた事件を洗い直すよう進言したところで相手にされない」

「わかりました」

「……ところで俺は、こんなネタも拾った」

大崎が、内緒話でもするように声を低くした。

「高部は、綾瀬に気に入られたのをもっけの幸い、一緒になって遊び廻るだけの腰巾着だったそうだ。太鼓持ちの綽名(あだな)までつけられていたそんな奴(やつ)が、主の行いを誅(ちゅう)し、追腹(おいばら)を斬るような真似(まね)をすると思うか?」

「いいえ、私でも思いません」

「そこだけとっても、高部が綾瀬を殺害したかどうか、怪しいものだ」

「やはり、撃ったのは、別の誰かと考えたほうがよさそうですね」

「だろう」

　大崎がしたり顔でうなずいた。

「しかも俺は、本物の下手人に繋がるかもしれない、とっておきのネタまで摑(つか)んだ。どうだ、聞きたいか?」

「ええ、もちろんです」

「銃声がする少し前に、綾瀬が喚(わめ)き散らしていたのを、現場近くの住人が何人か耳にしている。内容まではわからないが、誰かを罵倒していたそうだ」

「その誰かが、綾瀬様を黙らせるために殺(あや)めた?」

「そうでなかったとしても、そいつの正体さえわかれば、下手人に繋がる手掛かりになるだろう」

「馬上筒のことがあります。その誰かは、綾瀬家の者かもしれませんね」

「綾瀬家の蔵にあった馬上筒を、持ち出せる者でなくては犯行に及べない。そういう意味だな？」

「はい」

「それについては、用人殿からこんなことを聞いた。綾瀬は外出時に、馬上筒を持ち出したことが、これまでにも何度かあったそうだ。人に見せて粋がるとか、そんな詰まらない理由らしいが、あの晩も綾瀬が鉄炮を携えていなかったとはいえない」

「綾瀬家の者でなくても、綾瀬様から鉄炮を奪えば使うことができた……」

「というわけで、残念ながら、綾瀬家の者に絞りこむわけにはいかない。が、下手人探しが大変なのはいつものことだ。必ず突き止めてみせる」

大崎が自信たっぷりに言い切ったとき、若狭が茶菓を載せた盆を手に、廊下を歩いてきた。

数馬を見た若狭が、なぜか小首を傾げて立ち止まり、

「お客様は、もうお帰りでしたか」

「えっ」

数馬が視線を向け直すと、もうそこに大崎の姿はなかった。

「せっかくですから」

若狭が盆を縁側に置いて言った。

「そうですね」

数馬が縁側に腰を下ろすと、若狭が盆を挟んで正座した。客用の湯飲みに急須の茶を注ぎ始めた。

たったそれだけのことなのに、茶道を身につけた若狭の所作は、溜息(ためいき)が出そうなくらい美しかった。

とりわけ数馬が魅せられたのは、透き通るように白い指が滑らかに動く様だった。

「どうかなさいました?」

手元を注視していたので気づかなかった。いつのまにか、若狭が顔を向けていた。

「いえ、べつに……」

「はい、どうぞ」

若狭が、両手を添えて湯飲みを差し出した。受け取った数馬は、庭を見ながら茶を啜(すす)った。

ちっちちっ
どこかで雀(すずめ)が鳴いている。

長閑(のどか)なひととき——心が伸び伸びしてきた。

空になった湯飲みを置いて、数馬は菓子皿の上のわらび餅に手を伸ばした。指で摘(つま)み、そのまま口に放り込んだ。

ふと、若狭の視線を感じた。

無作法を見咎(みとが)められたと思ったが、目の端で盗み見た若狭は、ぼーっと数馬の横顔を見つめていた。

逆に、どきっとした。わらび餅が喉に詰まった。うんうん唸(うな)りながら、数馬は空の湯飲みを若狭のほうへ突き出した。

咄嗟(とっさ)の機転を働かせた若狭が、自分の湯飲みを数馬の口にあてがってくれた。まだ少し熱かったが、数馬はごくごくと飲み干した。やっと落ち着くと、

「女が口をつけたものを、ごめんなさい」

若狭が小さな声で謝った。

「そんなの平気です」

本当はそう言いたかったが、数馬は思っただけで口にしなかった。

照れ臭くて、若狭の顔をまともに見ることもできなかった。

三

それから二日後——。

城での仕事を終えた数馬は、鉄炮会所へ寄り道をしていた。

前回会ったとき、一貫斎が試作するといっていた、床尾(しょうび)を長くした火縄銃が、そろそろ出来上がった頃だろうと思ってのことである。

試作品は完成していた。いましも、床尾を長くした火縄銃を、座敷に座ったまま構えた数馬が、

「いい具合です。しっくりきます」

と感想を述べたところだった。

「だろう。いままで誰も思いつかなかったのが、不思議なくらいだ」

顎に手を当ててうなずいた一貫斎が、

「ところで、あっちのほうも、しっくりいってるのか？」

「あっち？　なんのことですか？」

「人伝(ひとづて)に聞いたが、お前の奥方さまは、小町と呼ばれたほどの別嬪(べっぴん)だそうじゃないか」

一貫斎も祝言に招いたが、書物を読み耽(ふけ)って、来るのを忘れてしまった。そのことをたいそう悔やんでいただけに、若狭との夫婦仲が気になっていたのだろう。

そんな師匠の心遣いが、数馬は無性に嬉しかった。

「私には、もったいないような綺麗(きれい)な人です」

「それは結構なことだ。で？」

「はい、うまくいってると思います」

「なんだか頼りないな。人生の先輩として、夫婦仲をしっくりさせるコツを伝授してやろう」

「ぜひ、お願いします」

「それはな……」

一貫斎がにやりと笑った。「しっぽりだ」

聞いたとたん、数馬の顔から火が噴き出した。

「ちゃんと可愛(かわい)がってやらないと、うまくいくものもいかなくなるぞ」

「そ、そのように心がけます」

数馬は掌(てのひら)で顔を扇(あお)いだ。

「さて、たったこれだけの工夫を、どうして考えつけなかったのか」

一貫斎が話を戻した。「我が国では、最初に到来した種子島(たねがしま)を模造したのを手始めに、鉄炮造りが一気に普及した。そのために、鉄炮とはこういうものだと思い込んでしまったのだ」

鉄炮伝来については諸説あるが、天文(てんぶん)十一年（一五四二）、ポルトガル商人が、倭寇(わこう)の大頭目・王直(おうちょく)が所持するジャンク（明(みん)船）に乗り組んで種子島を訪れ、鉄炮を売り込んだというのが、近年の定説になっている。

当時、種子島は十四代当主・種子島時尭(ときたか)が治めていた。数えで十六歳だった時尭は好奇心旺盛で、鉄炮に興味を持ち、二挺を譲り受けた。自ら射撃を学び、百発百中の腕前になったといわれている。

　鉄炮がこれからの武器の主流になると予感した時尭は、国産化を思い立ち、島内の刀鍛冶（かたなかじ）に鉄炮を造るよう命じた。それを受け、惣（そう）鍛冶組合長だった八板金兵衛（やいたきんべえ）が、翌年、国産化に成功する。以後、鉄炮造りが各地に拡（ひろ）がり、日本は短期間のうちに、世界有数の鉄炮保有国となった。

　そのことが鉄炮に対する固定概念を形成し、『頬付け式』などの基本的な様式が踏襲される原因になったと、一貫斎は分析していた。

「あげく、創意工夫を忘れ、同じことを厭（あ）きもせず繰り返してきた。鉄炮造りに携わる者として、恥ずかしい限りだ」

「国を閉ざしてしまわなければ、事情も違ったでしょうに」

　数馬は、鎖国により、西洋銃の進化が伝わらなくなった点を指摘した。

「いや、いくらでも学ぶ機会はあった。風砲がいい例だ」

「これまでにも、実際に風砲を手にした人もいたでしょうに、誰も研究しようとは思わなかったのでしょうか？」

「いなかったのだろうな。人殺しの道具に夢中になる、わしらのような変人など、滅多にいないからな」

「私も変人ですか?」

「ああ、わしに次ぐ変人だ」

「くくっ」

「ふははは……」

弟子と師匠は、顔を見合わせて笑った。

「まあ、愚痴をいってもなにも始まらない」

一貫斎が気分を入れ直した。

「お気づきでしょうが、肩付けにしたことで、若干、重心が後ろにずれています」

数馬が指摘したのは、床尾を長くしたことで重量が嵩(かさ)み、全体の均衡が崩れたことだった。

「お前ならどうする?」

「床尾の材質を軽くすれば、解決できるかと」

「ふむふむ」

一貫斎が天井を見上げて考えた。ややあって、

「銃身を長くする手もあるな」

「なるほど、そうすれば、重心の偏りがなくなるだけでなく、遠射に向いた筒が造れます。まさに一挙両得です」

「銃身を長くすれば、より正確に遠くまで飛ばせるからな。ただそうすると、鉄炮そのものが重くなってしまう」

「そこは悩みどころですね」

「あっちを立てればこっちが立たず、困ったものだ」

困ったといいつつ、どこか楽しげな一貫斎だった。

「それはそうと、風砲は、あれからどうなりました？」

「ちょうど図面を引き終えたところだ」

「えっ！　もうそこまで、進んでいるのですか」

なんと一貫斎は、たった二日で考案を終え、設計図まで描き下ろしていた。

「いや、献上風砲に若干、手直しを加えただけで、威張れるようなものではない。それでよければ、見てくれるか？」

「猫に鰹節（かつおぶし）です」

一貫斎が、窓際の文机（ふづくえ）に顎をしゃくった。

「おお、これですか」

数馬は文机の端に手を乗せて、墨の匂う図面を覗（のぞ）き込んだ。一貫斎がいった通り、献上風砲を、そっくり写しとったような図面だった。

一貫斎には、せっかちなところがある。

「どう思う?」

さっそく感想を求めてきた。

しかし、数馬はまだ献上風砲との違いを、一箇所も見いだせないでいた。

「すみません。もう少し、待って下さい」

図面の細部に目を移したとき、暮れ六つ(午後六時頃)を告げる時鐘が鳴り始めた。

「もうこんな刻限か……」

溜息混じりに呟(つぶや)いた数馬に、

「なにか用事でもあるのか?」

「ええ。義父上から話があるといわれておりまして、きょうはあまり遅くなるわけにいかないのです」

「婿養子の辛いところだな」

「残念ですが、また次の機会に」

名残惜しい気分を噛(か)み締めながら、数馬は腰を浮かせた。

「持っていっていいぞ。あとで意見を聞かせてくれ」

「そんな、滅相もない。手元にないと一貫斎様も、お困りでしょう」

「図面なら、ここに入っている」

一貫斎が、自分の頭を指差した。

「かえって失礼なことを、申し上げてしまいました」

数馬は苦笑した。

「図面を無くされてもなんとかなるが、人手に渡るのだけは勘弁してくれ」

一貫斎が、一言、注意した。

風砲は珍品ゆえに、売りに出せば、すぐにも買い手がつく。この設計図が同業者の手に渡るようなことになれば、収益を横取りされてしまう危険があった。

「しかとうけたまわりました」

数馬は、図面を丁寧に折り畳んで、懐の奥に仕舞いこんだ。

「お役に立てるよう、せいぜい、ない知恵を絞ってみます」

「期待してるぞ」

一貫斎の言葉に送られて、数馬は鉄炮会所をあとにした。

跳ねるような足取りで家路を急ぐ。嬉しくてたまらなかった。


「さて、婿どの」

丹兵衛が、膝を正してあらたまったのは、夕餉を終えたあとだった。

「はい、なんでしょう」

数馬が背筋を伸ばすと、

「こんど行われる撃ち払いに、婿どのも加わることになった」

　厳かな口調で告げられた。

　城内に保管された鉄炮の管理を担う業務以外にも、鉄炮方には砲術の教授や火盗追捕への出動などの雑用が含まれている。撃ち払いもそのひとつで、農作物を荒らす害獣を鉄炮で追い払う、あるいは駆除することを指す。

　いずれにせよ、鉄炮方の業務に、鉄炮磨同心でしかない数馬の参加は、本来ならありえない抜擢だった。

「えっ、私にそんな御役目が」

「どうだ、驚いたか」

　驚いたどころではない。まさに青天の霹靂だった。

「しかし、どうしてまた、そんなことになったのですか？」

「先日、婿どのが馬上筒の素性を見破ったのが、きっかけだ。婿どのの造詣が、並々ならぬと認められた諫早様が、次は腕前のほどを知りたくなられたのだ」

「そうでしたか……」

「むろん、田付様も、ご承知のことだ。あとは婿どのが、持ち前の腕を発揮し、手柄を挙げさえすれば、間違いなく、鉄炮方へ引き立てて戴けよう」

　丹兵衛が満面の笑顔になったが、数馬は溜息を吐きたい気分だった。それが顔に出たらしい。

丹兵衛が眉に縦皺を寄せ、

「なんだ、婿どのは嬉しくないのか？」

と、声を尖らせた。

「いえ、そういうことでは」

「なんぞ懸念でも？」

「私ごときに、手柄を挙げられるかどうか、そこが不安で……」

「なにを申しておる。婿どのの腕前なら百発百中だ」

「動かぬ的ならともかく、獣は走って逃げますから」

「婿どのなら、目を瞑っていても、獣の一匹や二匹、簡単に仕留められる。もっと己を信じるのだ」

「わかりました。義父上の顔に泥を塗らないためにも、精一杯、頑張ります」

「そうかそうか」

顔を綻ばせた丹兵衛が、数馬の肩を叩き、

「しっかり励め」

と言い残して席を立った。

丹兵衛に解放されて、数馬はほっとした。まだ寝るには早い。居間の行灯を持って、仕事部屋へ向かった。

仕事部屋といっても名ばかりで、夫婦の部屋に隣接する二畳の納戸に小机と書物を持ち込んだだけのものだった。

小机の横に積んである書物の中から一冊を抜いて、挟み込んであった風砲の図面を取り出した。それを小机の上に広げ、持ってきた行灯を引き寄せる。

図面に目を落とすと、たちまち雑念が消えた。

線と数値のみで構成された平面図を、想像で立体図へと変えていく。

図面からの情報をすべて読み取ったときには、一貫斎の設計と寸分違(たが)わぬ風砲が、脳裏に浮かんでいた。

こうなるともう図面はいらない。

瞑目(めいもく)して、想像上の風砲をあらゆる角度から眺める。

——美しくない。

まず思ったのは、そのことであった。

大刀でも槍(やり)でも鉄炮でも、武器として優れていればいるほど機能美を備えている。少なくとも数馬は、そう考えていた。

ぎりぎりまで性能を高めるために、無駄を殺(そ)ぎ落とすことでもたらされる美が、一貫斎の風砲には欠けている。献上風砲にすら劣っていた。

数馬にとってそれは、機能上の問題があることと同義である。

――どこが悪いのか？

考えたが、それらしい解答に至らないまま、夜が深々と更けていった。

四

濡(ぬ)れたような闇に覆われた番町の法眼坂(ほうげんざか)を、北へ向かって奔(はし)る怪しい人影があった。

数日前に事件が起きただけに、法眼坂のつきあたりに建つ辻番所(つじばんしょ)は、いつもより灯火を明るくしていた。

それにもかかわらず、目の前の路地の角を走り過ぎた人影を、番人が見落としたのは、影が宙を飛ぶかのように無音で、しかも黒装束に身を包んでいたからだった。

角に建つ武家屋敷の黒板塀に溶け込んでしまい、見分けることができなかったのだ。

黒子(くろご)である。

深夜の番町に、黒子が再び現れていた。

黒子は先夜の現場となった綾瀬邸の前を通り過ぎ、さらに東へ半町ほど駆け抜け、とある武家屋敷の塀の前で立ち止まった。

周囲の気配を探りつつ、懐から縄束を取り出して解いた。

細長い黒縄の先端には、釣針を大きくしたような鉤が、取りつけられている。それもまた黒い。

黒子が、鉤を錘に、くるくると縄首を廻す。勢いをつけて縄を投じ、塀の上に枝を伸ばしている松の木に絡ませた。

縄を引いて鉤を枝に食い込ませると、縄を伝い、一丈（約三メートル）の塀を攀じ登った。

塀の屋根に上がると、こんどは鉤縄の端を塀の反対側に垂らし、その縄を下って武家屋敷の庭に降り立った。

ふいに、明かりが近づいてくる。手槍を携えた警護の侍。黒子は石灯籠の陰に身を隠して、その侍をやり過ごした。

明かりが遠ざかると、大きな庭石の間を擦り抜けて母屋へ近づいた。

雨戸の下に刃物の先を押し入れ、梃子の要領で戸板を外す。外した戸板を脇に立てかけ、ぬるりと屋内に侵入する。こんどは内側から、戸板を元の位置に戻した。

黒子は夜目が効くらしく、真っ暗な廊下を苦もなく進んでいった。

やがて常夜行灯が灯された一室に至ると、唾で濡らした指で障子に穴を開けた。そこから中の様子を窺う。

八畳間の中央で、男が独り、絹の夜着に包まれて眠っていた。

灯心を絞った細灯りに照らされた男の横顔を確かめた黒子が、微(かす)かにうなずく。ゆっくりと障子を引いて、部屋に忍び込んだ。

同じ要領で障子を閉じたとき、また明かりが近づいてきた。障子に映った影で、薙刀(なぎなた)を持った女だとわかった。

女の足音に黒子は身を固くしたが、眠っている男は、寝返りひとつ打たなかった。

静寂が戻ると、黒子は懐から、長さ四尺ほどの麻の細縄を取り出した。

黒子が、男の枕元にしゃがみ込んだ。箱枕で浮いた隙間を使い、男の首に縄を一巡させた。

縄のそれぞれの端を、自分の両掌(りょうて)にくるくると巻きつけてから、すっくと立ち上がった。

糸を引かれた操り人形のように、男の身体(からだ)が斜めに起き上がった。

苦痛で目を醒ました男が「ううっ」と呻(うめ)く。

黒子がさらに腕を突き上げて男を立たせた。くるりと反転し、背中を合わせるやいなや、腰を深く折り曲げた。

男の足が、ばたばたと宙に浮いた。

その名も地獄担ぎと呼ばれる必殺の締め技に、男は首に絡みついた縄を掻(か)き毟(むし)ることしかできなかった。膨れた舌が口から食(は)み出してしまい、悲鳴すら上げられなかった。

黒子が膝を屈伸させた。繰り返すたびに、縄は男の首に、ぐいぐいと食い込んだ。

ついに男が絶息した。両手がだらりと垂れた。

動かなくなった目が鬱血で赤く濁り、寝間着の股間は小水で濡れていた。

黒子が身体を捻るようにして、死体を畳の上に下ろす。達磨の掛け軸が下がった床の間まで、ずるずると引き摺っていった。

無音の気合を発して、黒子は死体を直立させた。男の首に巻きついた縄の両端を、床の間の落とし懸けに交互に掛け渡した。

力を込めて縄を引いた。死体が宙ぶらりんになると、床柱に、縄を縛りつけて固定した。

作業を終えると、黒子は直ちに退散した。

床の間の落とし懸けにぶら下げられた死体は、まだゆらゆらと揺れていた。


「こんなことをしても、時を無駄にするだけか」

独り言を吐いた大崎の足が、止まった。

綾瀬成匡が、撃たれる前に罵倒した者の名前さえわかれば、一気に真相に近づけると考えた大崎は、連日、番町に通い詰めていた。

そして昨日、ある者から、こんな証言を得た。

「わしだけが悪いのではないぞ。もっと悪事を働いた者が……とかなんとか。あとはよく聞き取れませんでした」

真相に一歩、近づいたと思った大崎は、きょうも意気揚々と番町にやって来た。そこまではよかったが、いまのいまになって、とんでもないことに気づいていた。

人を罵るからには、当然、名前も口にしたと思っていた。それはただの思い込みで、実際には、『もっと悪事を働いた者』としか、綾瀬は口にしなかったのではないのか。もしそうだとしたら、これ以上、探索しても、なにも出てこないことになる。

「くそっ！」

ほかにも方法がないでもない。だが、それにはそれで大きな障壁があった。

調べを再開してすぐに、大崎は役部屋の書庫で、綾瀬が役を外された理由を探った。報告書には業務怠慢としか記されていなかったので、担当者に問い合わせてみると、「上からのお達し」ということだった。ようするにこの件には、立ち入るなということである。

こうなると、小人目付ごときには荷が重い。嗅ぎ回っていることを知られただけでも、ただではすまなくなる。首になる覚悟がなければ、とてもできることではなかった。

中天に差しかかった陽が、やけに眩しい。

大崎は眩暈すら覚えた。

足を止めていたのは、ちょうど法眼坂と東六番町通りの角にある辻番所の前だった。

辻番に立った若侍が、ご苦労様ですとばかり、ぺこりと辞儀を送ってきた。

その顔に見覚えがある。こちらの身分を明かし、話も聞いていた。

ますます気持ちが萎えた大崎は、

「やってられねぇ、止めた、止めた」

踵を返して歩き出した。

と、そのとき、

「あの、そっちではありませんよ」

若侍が妙なことを口にした。

「はあ?」

振り向いた大崎に、若侍が辻番の正面方向、東六番町通りを指差した。

「向井原様のお屋敷でしたら、綾瀬様の御屋敷の三軒、お隣です」

「向井原?」

そんな名は、知り合いにもいない。

「あっ、失礼しました。てっきり、そちらへおいでになると思ったもので」

若侍が、なにをどう勘違いしたのか、大崎は気になった。

「なんでそう思った?」

「ご当主が、お亡くなりになったので」

それで、目付がやって来たものと、こいつは受け取ったのか。わかった瞬間、大崎ははっとした。

同じ通り沿いで、立て続けに人死にが出ることなど滅多にない。単なる偶然とはとても思えなかった。

「まさか、また殺されたのか？」

「いえ、ご病死されたと聞いています」

「そのことを誰から？」

「それは……」

他家のことについて口を滑らせたと気づいた若侍が、にわかに口を噤んだ。

この地域では、近所の武家屋敷に奉公する下級家臣が、交代で辻番を勤めることになっている。向井原家の家臣も、この辻番に詰めるはずだった。

そのあたりから漏れたらしいと、大崎は当たりをつけた。

「話の出所はともかく、向井原家で不幸があったのは間違いないな？」

大崎が念押しすると、若侍があたりに人がいないのを確かめてから、首を縦に振った。

――犬も歩けば棒に当たる、か。

心のなかで呟いた大崎は、若侍に会釈で礼を伝え、その足で向井原邸へ向かった。

五百石取りの綾瀬家とは段違いの豪邸だった。敷地は千坪近くもあり、漆喰塗りの立派な櫓門を構えている。

二千石か、三千石か、ともかく、相当な家柄であることは、容易に想像がついた。

門は閉ざされている。

大崎は、声を出して案内を請うことはせず、門脇の潜戸を、こんこんと叩いた。不幸があった向井原家を慮ってのことだ。

初老の門番が、武者窓から顔を覗かせた。表情は固く、憂いを含み、

「どちらさまでございますか？」

問いかけてきた声も沈んでいた。

大崎が役職と氏名を伝えると、門番が目を瞬かせ、

「しばし、お待ち下さいませ」

慌てて走り去った。

ほどなく足音が戻ってきた。潜戸が半ばまで開かれ、そこから五十絡みの武士が、顔を覗かせた。大崎に中へ入れと手招きする。

大崎が立ち入ったとたん、武士は、ぴしゃりと潜戸を閉じ、高飛車にいった。

「当家の用人を勤める松永である。小人目付が、何用で参ったか」

小人目付は本来、御目見以下の者を監察、糾弾するのが役目だ。松永はそこを衝いていた。

やれやれそう来たかと思いつつ、大崎は松永の目を真っ直ぐに見返した。

「目付の使いで参った。当主が亡くなったにもかかわらず、届けを出されておられぬのでな」

すでに死亡届けが出されていれば、それまでの嘘。目付は十人いるが、そのうちの誰が向井原家を担当しているのかも、大崎は知らなかった。

松永がみるみる蒼褪め、

「お、御目付様が……」

呻くようにいった。

海千山千の小人目付が張った山が、見事に当たっていた。

「外に漏れていないはずの当主の死を、どうして目付が知っているといいたいのだろうが」

大崎は三白眼を凄ませ、

「わしらを侮るでない！」

ぴしりと言い放った。

「そ、そのようなことは決して」

「不届きであると目付が立腹し、すぐにも問い質して参れと、それがしに命じられたのだ！」

大崎が嵩にかかって責めたてると、

「………」

松永は茫然自失に陥った。

一転、大崎は口調を和らげる。

「届けを怠るほどの、なにか特別な事情でもござったのか？」

「……それが、殿は壮健でしたが、あまりに突然」

松永が言葉を捜すように間を持たせた。「病死なされ、すっかり慌ててしまい……」

死因は病気ではないと、大崎は直感した。

「それで届けを忘れたと申されるか？」

「いいえ、忘れたのではなく、遅れているだけでございます。なにもかも、この松永の不徳の致すところでございまして……」

「事情はわかったが、感心できることではない」

「はい、すぐに届けを出し、御目付様にも謝罪致します。何卒この場は……」

松永が懐から抜いた印伝の財布を、大崎の着物の袖口に滑り込ませた。大崎の袂が、ずしりと重くなる。

賄賂を受け取るのは役得としか思っていない。

大崎は、にっと笑ってみせ、

「たしかに遅れていただけのようですな。目付にも、その旨、報告致そう」

「かたじけのうございます」

「この通り、届けも預かって参りましたとなれば、さらに目付の心証もよくなるでしょうな」

大崎が、仄めかすように付け加えたのは、目付の元へ謝罪に出向かれると、こちらに不都合が生じるからだ。

嘘がばれてしまい、大目玉を食らうどころか、こっちの首が飛んでしまう。

そんな大崎の内心に、松永が気づく由もなく、

「すぐ用意致します。大崎様はしばし、中でお待ち下され」

大崎を『様』付けで呼んでいた。


案内されたのは、賓客をもてなすための立派な客間だった。

上座を勧めた松永が、飛び立つように去ると、大崎は足音を忍ばせて廊下へ出た。

さすがに大身の旗本ともなると屋敷も広大である。廊下の左右は、どちらも先が細く尖って見えた。

無闇に歩き回っても、迷子になるだけだ。大崎は耳を澄ました。

廊下の左手から、幽かな音が聞こえてきた。人がすすり泣く声。

磨き込まれた廊下を摺り足で進むと、足袋が気持ちいいくらい滑る。

誰かと出くわしたら、素っ惚けるしかないが、そんな機会が訪れることもなく、長い廊下の突き当たりを左に折れた先で、嗚咽が漏れる一室に行き当たった。

部屋は閉じられていたが、子供が悪戯したのか、四枚ある障子戸の左端の一枚に、ぽつんと小さな穴が開いていた。

穴は腰の高さだ。しめしめと思いつつ、大崎は腰を低くして、部屋の中を覗いた。

向井原帯刀の妻女と思しき白髪頭の女が、亡骸のそばで泣き崩れていた。奥女中が二人、顔を伏せてそばに控えている。

亡骸の顔は白布で覆われていた。

目を凝らすと、亡骸の首に赤い筋がくっきりと浮かび上がっているのが見て取れた。

――首を吊ったな。道理で隠したがるわけだ。

大崎は視線の角度を変えて、室内を見回した。床の間の黒い横木の真ん中あたりが、こそげたように白い木肌を晒していた。

――あそこに縄を掛けたか。

そこまで見届ければじゅうぶんだった。その場を離れ、急いで客間へ引き返した。

座布団に腰を据えたところへ、女中が茶菓を運んできた。大崎はさも退屈していたように大欠伸を漏らし、ずっとそこにいたふりをした。

女中が退り、大崎が菓子を食べていると、封書を携えた松永が現れた。

「くれぐれも、よしなに」

封書を大崎の前に差し出した松永は、畳に額を擦りつけた。

封の折り目が少しずれている。慌てて設えた様子が窺えた。

「しかと、承った」

大崎は封書を懐に収め、茶を啜ってから席を立った。

門前まで見送りに出た松永に、

「目付への挨拶は、明日にされるがよろしい。きょうは、どちらかへ出かけるということだった」

「重ね重ねのご助言、痛み入ります。では、明日の朝一番に」

松永が深々と腰を折った。

――けっ、ざまはねぇ。

大崎は腹の底で嘲笑い、向井原邸をあとに城へ向かった。

五

その夜、大崎は、神田明神下の小料理屋『清文』の一室にいた。

清文は、路地裏に隠れ家のように佇む、知る人ぞ知る名店である。とびきり旨い料理と酒を楽しめるとの評判を耳にしていたが、十五俵一人扶持の薄給の身には敷居が高すぎた。

向井原家の用人・松永が袂に落とした財布の中身が、思った以上に多かった。それで自分に奢る気になったのだ。

すでにひと通りの料理を堪能した大崎は、五坪ほどの中庭で花を咲かせた梅の古木を肴に、ゆるゆると灘の下り酒を味わっていた。

ふと、庭を挟んだ反対側の廊下を歩いている武家の姿が目に入った。

「諫早？」

思わず声が出た。

「うん？　そういうお前は、大崎か」

目を丸くした諫早が、廊下を踏み鳴らしてやって来た。

「独りか？」

「ああ、そっちは？」

「面倒臭いのと一緒だ」

上司に同伴しているらしい。諫早が苦笑した。

「長引きそうか？」

「いや、やっとお開きになりそうなので、厠へ行ってきたところだ」

「あとで来ないか？　きょうは俺が奢るぞ」

「お前がこんな店にいるだけでも驚いたが、ふふん、そうか、泡銭が入ったな」

「まあ、そんなところだ」

「その話はあとで、ゆっくり聞かせてもらおう」

諫早が、いったん立ち去り、待つこと四半刻で舞い戻ってきた。

大崎は仲居を呼びつけて、酒を追加させた。

二人で酌み交わしつつ、大崎は向井原家の用人から賄賂を受け取ることになった経緯を、ひとしきり語った。

「よくもまあ、そんな嘘を……」

諫早が呆れ顔になった。

「松永の慌てぶりときたら、お前にも見せたかったくらいだ」

「向井原家のことはともかく、綾瀬家の事件に、なにか進展はあったのか？」

「まあ、そう先を急ぐな」

　大崎は杯を干してから続けた。

「向井原の屋敷を出た俺は、その足で城へ行き、松永から預かった届けを、然るべき部署へ提出した。ついでに明朝、松永が担当の目付の元へ赴くことも伝えておいた」

「嘘がばれないよう、抜かりなく手を打ったな」

「そんなに褒められると照れ臭い」

「誰も褒めてなどいない。自慢話はそれくらいにして、訊かれたことにさっさと答えろ」

「やけに聞きたがるな」

「事件に鉄炮が関わっているからだ」

「ふーん。ところでお前は、綾瀬が小普請組入りしたのは、なぜだと思う？」

「綾瀬は、たしか勘定奉行所の金座方だったたな。おおかた、御金改の後藤家から賄賂を受け取ったのが露見したとか、そんなところだろう」

　御金改役とは金座の長官のことで、代々、後藤家が世襲していた。

「誰でもそう思うわな」

「違ったか？」

「記録上は業務怠慢だが、俺も賄賂の線だと睨んでいる」

「なんだ、もったいぶりやがって」

諫早が口を尖らせた。すぐに真顔になると、あたりを憚るように声を低くした。

「やはり、あの噂は、本当らしいな」

あの噂とは、元文元年（一七三六）を最後に、八十年あまりも途絶えていた貨幣の改鋳が、近々始められるというものである。

貨幣の製造は『吹き立てる』と称され、現在の造幣局に当たる御金改は、吹き立てた貨幣の出来高の百分の一を、取り分として受け取る仕組みになっていた。御金改の長たる後藤家は、吹き立てれば吹き立てるほど潤うことになる。が、逆もまた真なりで、大掛かりな吹き立てが途絶えたことにより、徐々に衰退した。

後藤家の当主が九代目・光暢になった頃には、ついに困窮極まり、金座内に保管されていた幕府の金塊に手をつけたのみならず、銅や鉛を混ぜて貨幣の重量を誤魔化し、金をネコババする不正まで行ってしまった。

それが発覚して光暢は獄門となり、さらに十一代目・光包の不正も発覚、三宅島への流罪となり後藤家が断絶されたのが、文化七年のことである。

御金改役は分家で銀座年寄役だった後藤三右衛門が引き継いだものの、家を再興する材料はなにもなかった。この後藤家もいずれ、蠟燭が燃え尽きるように、消えてなくなる定めにあった。

　そんなところへひさびさに流れたのが、改鋳の噂だったのである。

「改鋳ともなれば、途方もない実入りがある。瀕死の後藤家も、一気に息を吹き返すだろう。後藤家が綾瀬を始め、あちこちへ金をばら撒き、改鋳するよう働きかけたとしても、なんの不思議もない」

「まったくだ」

　諫早も同意し、

「現当主の二代目後藤三右衛門は、伊那飯田の元結い問屋の四男坊で婿養子で入ったそうだが、なかなかの遣り手らしいぞ」

「らしいな。なににしろ、俺たちには雲の上の話だ」

　大崎は杯を呷った。それから、ぽつりといった。

「向井原帯刀は御側衆だった」

「ほう、人も羨む役職だな。前途洋々の御側衆が、なんでまた自害なんぞしでかしたものか」

　御側衆とは側用人の下に位置する役柄で八名おり、次期側用人の候補者でもある。

　将軍と直かに接して補佐する側用人ともなれば、待遇も老中扱いで、老中や若年寄ですら、その権威の前に屈するほどだった。

「しかも向井原は、次の側用人と目されていたらしい。そんな奴が、自害なんかするものか。それも切腹ではなく、首吊りだぞ。お前でもおかしいと思うだろう？」

「お前でも、は余計だ。たしかにおかしい」

「俺は綾瀬と向井原の間に、繋がりがあったと睨んでいる」

「お前はそんなことを考えていたのか」

「そう考えるだけの根拠はある」

「どんな根拠か知らないが、そもそも向井原家と綾瀬家では格が違いすぎる。接点などあるはずがない。二つの件を結び付けるのは、いくらなんでも強引過ぎる」

「そんなことは、いわれるまでもない」

「そこまでわかっていながら……なんだ、そういうことか」

諫早が、合点がいったようにうなずいた。

「お前もそこに気づいて、行き詰まったんだな。それで自棄酒を呷っていたのか。なんとも気の毒な。今夜はとことん付き合ってやろう」

「いったい、俺と何年付き合っている？　俺が自棄酒？　ちゃんちゃらおかしい」

「まさか、まだ諦めていないのか？」

「この程度のことで諦めていたら、小人目付は務まらねぇ」

「しつこく食い下がったあげく、失敗したのをなんども見てきたぞ」

「こんどは違う。もしお前がいうようなことになったら、褌一丁で松の廊下を歩いてやる」

「お前の裸姿など、頼まれても見たくない。とにかく、さっさと諦めろ。綾瀬家も向井原家も、痛くもない腹を探られて迷惑するだけだ」

「そうかな、どちらも殺しだったと判明し、下手人が捕えられれば、綾瀬家は改易(かいえき)を免れ、向井原家も当主の恨みを晴らせる。むしろ俺に感謝するだろう」

大崎は、綾瀬の一件のみならず、向井原の死にも何者かが関与したと推測していた。

「お前、そこまで疑っているのか！」

「首吊りを偽装するのは、そう難しくないからな」

「呑みすぎたな」

「酔ったほうが、俺の頭は冴(さ)える」

「素面(しらふ)になって考え直すまでもない。そんな馬鹿な考えは、さっさと捨てろ」

大崎は答える代わりに、庭へ顔を向けた。

いったん思い込むと大崎は揺るがない。それをよく知る諫早だけに、説得しても無駄だと悟ったらしい。

「友として、いうべきことはいった。それだけは忘れないでくれ」

妙なくらい、しんみりした声だった。

麻布に住む諫早とは店の前で別れ、大崎は本郷の自宅への帰途を辿っていた。

足取りが雲を踏むように定まらないほど酔っていたが、

――人の行状に難癖をつける小人目付ともあろうものが、これではまずいな。

そう自覚するだけの分別は残していた。

湯島聖堂の脇を北へ通り過ぎようとしたとき、

――誰かに尾けられている。

気配を感じ取ることができたのも、そのお陰といえるだろう。

にわかに緊張した大崎は、尾行の有無を確かめるために、そのまま歩を進めた。

背後に意識を集中したが、気配はそれきり途絶え、それらしい物音も聞こえなかった。

気を張っているのが辛くなった大崎は、立ち止まって後方を振り向いた。

月に照らされた路上に、怪しむべき影はなにもない。逆に、野良犬一匹、見当たらないことに、うそ寒さを覚えるくらい閑散としていた。

「気のせいだったか」

大崎は緊張を解いた。前方へ向き直ったとたん、

「げっ！」

思わず叫んだ。ほんの数間先に、黒い影が佇んでいた。

やはり尾行者はいた。しかも、いつのまにか前方へ回り込まれていた。驚愕のあま

り、大崎は固まった。

それでも大刀の柄へ手を伸ばしたのは、柳生新陰流の免状持ちならではだった。

大崎が鯉口を切ったのと、黒い人影が地面を蹴って奔りだしたのが、ほぼ同時。

——幻でも見ているのか？

大崎が、目を疑ったのも無理はない。なんと相手は、芝居でしか見たことのない黒子だった。

——取り乱すな！

おのれ自身を叱咤した大崎は、黒子が、白い物を右手に握っていることに気づいた。

黒ずくめゆえに目立つそれは、長さからみて匕首と思われた。

大崎は、黒子が刀の間合いに入った刹那、
しゃっ
抜き合わせた刀を、逆袈裟に斬り上げた。

大崎の大刀は二尺三寸。匕首のそれは一尺足らず。

——斬った！

と大崎は確信した。

躱されるはずのない刃が空を斬った。慌てて刃を引き寄せた大崎の耳に、
すとっ

軽い音が響いた。
音は斜め後方からだった。大崎が体を捻ったときには、黒子は走り去っていた。
追う気にもなれなかった。
黒子が四辻の角を曲がって、姿を消すと、膝ががくがくと震えた。
震えを抑えようと前屈みになった大崎の懐から、なにかが、ポロリと毀れ落ちた。
白扇——黒子が手に握っていたのは、匕首ではなかった。
黒子は大崎の刃を躱したのみならず、その白扇を置き土産にしていった。
大崎は愕然と悟った。黒子に襲われた理由に見当がついた。
手妻のごとき芸当を演じることで、黒子は格の違いを見せつけ、
——お前ごときはいつでも殺せる。これ以上、嗅ぎ廻ると命はないぞ。
無言のうちに警告していたのだ。
「うっ」
吐き気が込みあげた。大崎は抜き身を下げたまま、路地の端に歩み寄った。
商家のしきみ戸に凭れ掛かって嘔吐した。

第三章

一

鉄炮蔵(てっぽうぐら)の床に正座して作業をしていた数馬は、その日、十一挺(ちょう)目になる火縄銃を、木箱の中から取り上げた。

木箱は右手側に置き、磨き終えた十挺の鉄炮は、向きと間隔を揃(そろ)え、左手側に並べていた。どれも、江戸城では、一番多く保管されている定式の三匁(もんめ)五分(ぶ)玉で、丹念に油を塗布した銃身は、新品のような輝きを放っていた。

取り上げた鉄炮を両手で持ち、数馬は外見から検(あらた)めていった。

張り立ててから五、六年は経過しているようだが、その鉄炮には錆(さび)も瑕(きず)もなく、部品も揃っていた。

カラクリも問題なく作動し、気になる異音を放つこともなかった。

状態は良好だった。

そこまで確認した数馬は、巣口（すぐち）に鼻を寄せ、匂いを嗅いだ。

火薬が燃えた匂いが微（かす）かに漂っている。そこから、試射して以後、使用されておらず、銃腔（じゅうこう）（銃身の内側）が、さほど汚れてはいないことがわかった。

外側だけ磨いて済ませてもいいくらいだが、手を抜くつもりはなかった。

鉄炮に装着されたカルカを抜いて膝の前に置き、目釘（めくぎ）抜きという専用の道具を使い、銃身を台木（だいぎ）（銃床）に固定している目釘を取り外した。

巣口に当て布を巻き、木槌（きづち）で叩（たた）くと、台木に密着していた銃身が浮き上がった。

火縄を挟む火挟（ひばさ）みを指で引き起こしてから、銃身を取り外した。

次に、銃身の元口（尾部）を塞いだ尾栓（びせん）を抜き取る作業にかかった。

螺子（ねじ）になった尾栓を回転させて抜き、錆はないかと目を近づけたとき、なぜか、脳裏に若狭の顔が浮かんだ。

——ああ、そういうことか。

数馬はすぐに思い至った。

尾栓は、螺子になっている。

日本で初めて鉄炮を製造したのは八板金兵衛だが、種子島（たねがしま）に鉄炮が伝来した当時、我が国には螺子そのものが存在しなかった。むろん加工する技術もなく、鉄炮造りは暗礁に乗り上げた。

八板金兵衛は螺子の製造を諦め、元口を溶接して塞ぐ工法を採用した。ところが、思ったよりも強度が弱く、試作した鉄炮は弾を何発か撃つうちに暴発し、銃身が破裂した。また、元口を開けられない構造にすると、火薬の滓(かす)が溜(た)まってしまい、火口(ひぐち)(火皿と銃身を繋(つな)ぐ導火孔)が詰まって不発を招いた。

暴発か不発か、そんな鉄炮など使い物にならない。射撃手を危険に晒(さら)さないという意味では、ただの鉄の棒のほうがましだった。

困り果てた金兵衛は、ポルトガル商人に教えを請うた。すると、見返りに娘を要求された。金兵衛は取引に応じ、我が国初の鉄炮が誕生した。

その娘の名が若狭である。

数馬が尾栓から若狭を連想したのは、つまりそういうわけだった。

鉄炮の国産化が成功した裏に、乙女の犠牲があったことは、悲話として伝えられている。

『若狭伝説』と呼ばれ、国友村では知らない者はいない。

初めて丹兵衛から、娘の名が若狭だと聞かされたとき、数馬はいささか驚いたものだった。偶然ならいざ知らず、人身御供(ひとみごくう)にされた娘の名を、我が子に付けるとは尋常ではないと。

だが、丹兵衛は『若狭伝説』から名を取ったことを、自慢すらした。

「あれは悲話として伝えられているが、わしはそうは思わない」

父親が愛娘を犠牲にしてまで、なにかをしたいと思うはずがない。八板金兵衛は、取引に応じる気などなかったが、そんな父親の気持ちを察した娘が、自らポルトガル人にその身を差し出したのが真相だと、丹兵衛は解釈していた。

「父と娘が互いを思い遣る、美しい心を伝える美談であり、わしもそういう親子でありたいと願い、若狭と名づけたのだ」

聞いたときには、そんな解釈もできるとしか、数馬は受け取らなかった。その後、丹兵衛と若狭が、時折り見せる細やかな情愛を目にするにつけ、

――たしかに、美談かもしれない。義父上が窮地に陥れば、若狭もきっと同じことをするだろう。

そう思うようになっていた。

二人のことが頭に浮かんだせいだろう。胸に、じんわりと温かいものが込み上げてきた。

「いけない、それどころじゃない」

気がつくと、手が止まっていた。ただでさえ作業は遅れている。ぼんやりしている暇はなかった。

数馬は、膝の前に置いてあったカルカを手に取った。カルカの先端にあいた穴に紐を通し、油を染ませた布片を巻き付けた。

それを巣口から銃身の奥まで差し込み、押したり引いたりを繰り返して、銃腔を清掃すると同時に油を塗布していった。

「おうおう、そんな馬鹿丁寧な仕事をしていたら、飯を食う暇もなくなるぞ」

声をかけてきたのは、同僚で先輩の坂口弦介。昼時になったので一緒に弁当を使おうと誘いにきていた。

武家とは思えない伝法な口調は、坂口がその名も坂口屋という、木場に大店を構える材木商の息子だったからだ。実家の商いを嫌い、悪い仲間と遊び歩いてばかりいる三男坊の行く末を案じた親が、御家人株を買って、武家に仕立てたのである。

坂口はほかの同僚には、馴れない武家言葉を使うが、出自が近い数馬には、親しみを覚えるのか、いつもこんな調子だった。

坂口は二十三歳で、十二人いる鉄炮磨同心の中では数馬に次いで若い。ちなみにあとの十人は、みな三十歳を越えた中年男で、中には五十に近い者もいた。

坂口は、数馬の指導役でもあった。数馬が作業を終えた鉄炮をちらりと見て、

「まだ半分もこなしてねぇのか。俺はもう、割り当ての三十挺の、ほとんどをこなしたぞ」

自慢げに胸を反らせた。

「すみません、仕事が遅くて」

「遅いんじゃねぇ。要領が悪いんだ。どうせ使いもしない鉄炮なんか、見えるところだけちゃちゃっと磨いときゃいいんだよ」

数馬は、坂口が嫌いではなかったが、仕事ぶりには感心していなかった。かといって、意見する気もない。使いもしない鉄炮をせっせと磨くのは、たしかに虚しい作業だ。手を抜きたくなる坂口の気持ちも理解できた。

そこは人は人と割り切り、数馬は、あくまで丁寧な仕事を心がけていた。

半刻（約一時間）も居残りをすれば、課せられた仕事はこなせる。そうすれば、坂口に付き合うこともできるが、きょうは、どうしても定時で帰宅したかった。

数馬は、昨夜、遅くまでかかって、一貫斎から預かった図面を、隅々まで確認していた。

一貫斎がどんな改良を施そうとしているか、全部、把握できた。どれも素晴らしい改良案だったが、ひとつだけ腑に落ちないところがあった。

それは口径だった。

献上風砲が一匁五分玉を使用するのに対して、一貫斎は三匁五分玉を採用していた。弾丸は大きくなればなるほど、弾速が落ちて破壊力が低下してしまう。献上風砲の問題点をことごとく潰して、限界まで性能を引き上げたとしても、倍以上も重さのある銃弾が、すべてを台無しにする恐れがあった。

　小鳥しか撃ち落とせない風砲を、武器として通用する水準まで高めたいという、一貫斎の意気込みは買えるが、三匁五分玉では、献上風砲にも劣る性能しか、期待できそうになかった。

　一貫斎は、そのことをわかったうえで、あくまで三匁五分玉に拘り、風砲本体の性能を画期的に引き上げる方法を模索しているのだろう。それが見つからないので、風砲初心者の数馬にまで意見を求めているとしか思えなかった。

　一貫斎に解決できない難問を、数馬が解けるはずがない。それでも、解決の糸口になるきっかけくらいは、思いつくかもしれない。

　そのためにも、じっくりと図面と向き合い、風砲のことだけを考える時間が欲しかったのである。

　昼飯はとうに諦めていたが、

「弁当は、ひと区切りついてからにします」

　数馬はそういって断った。

「まあ、せいぜい励みな」

　気を悪くした様子もなく、坂口が立ち去った。

数馬は作業を再開した。

銃腔の清掃と油の塗布を終えると、外側も油布で磨き上げた銃身を台木に戻し、目釘で固定した。

磨き終えた鉄炮を、左側の列に加えると、すぐに次の作業に移った。

二

定時までに割り当てをこなしたが、数馬にはまだやることが残っていた。掃除と火の元の点検がそれで、新米がやる慣(なら)わしとなっていた。

誰もいなくなった鉄炮蔵を、数馬が出たのは、結局、定時を四半刻ほど過ぎた頃だった。城門へ向かって歩きだしたとき、通路の反対側から、小走りに駆けてくる諫早の姿が見えた。

丹兵衛から撃ち払いに参加することになったと聞かされたことを、数馬は思い出した。

諫早は、そのことでなにか伝えに来たのだろう。話が長くなると困るな、と思いつつ、数馬は歩を進めた。

声が届く距離になった。諫早が足を止めて、

「間に合って良かった」

荒い息とともに吐き出した。

嫌な予感がした。

「急で悪いが、仕事がある」

これには、応じる言葉も思いつかなかった。

「火盗改(かとうあらため)が盗賊一味を捕えることになり、うちからも三名、出すよう要請された。おぬしにも加わってもらうことにした」

撃ち払いはむろん、追捕(ついぶ)への出動も、鉄炮磨同心の職務ではない。なし崩しに、仕事を増やされたとしか思えなかった。

「盗賊を捕えるなんて、私には無理です。足手纏(あしでまと)いになるだけで、お役に立てそうもありません」

数馬は逃げを打ったが、

「急いでいる。さっさと支度しろ！」

うむをいわさぬ口調で命じられた。

直属の上司からの命令ではない。それを理由に、拒否できるのではないか。そんなことが頭を掠(かす)めたが、口にする勇気はなかった。

数馬は抵抗を諦め、

「承知しました。なにを支度すれば、よろしいのですか？」

　そこからしてわからなかった。

「蔵にある鉄炮の中から、適当に三挺、選べ。それを持って御用部屋に出頭しろ」

「三匁五分でよろしいですね？」

　鉄炮蔵にある火縄銃の大半は、定式の三匁五分玉の筒である。いちおう確認したまでだった。

「それでいい」

「弾と弾薬は、いかが致しましょう？」

　鉄炮蔵には、その類のものは保管されていない。管轄が違う。

「別に手配させた」

　用事は終わったとばかり、諌早が踵を返した。

　数馬は、出て来た鉄炮蔵へ引き返した。

　諌早は適当に選べといったが、そんなわけにはいかない。鉄炮は消耗品である。弾を撃つたびに劣化する。ならば、新品を選べばいいかというと、それも違う。

　肝心なのは、確実にカラクリが作動し、正確な弾道を持つかどうか。ようするに、新旧に関わりなく、より性能の高い鉄炮が求められていた。

　自分の手で磨いた鉄炮は、全部、頭に入っている。どこにどの鉄炮を収めたか、数馬は場所まで記憶していた。

「あの鉄炮は、あそこだったな……」

数馬は、数十も並ぶ簞笥（たんす）の、ひと棹（さお）の前に立つと、縦に五段ある引き出しの上から二段目を引いた。

はたして、求める鉄炮はそこにあった。

二挺目、三挺目と、苦もなく探し当てた数馬は、同じ蔵に保管されていた革の筒入れに鉄炮を収め、即座に鉄炮方の御用部屋へ向かった。足取りは跳ぶように軽快でも、気分は憂鬱だった。

鉄炮方の御用部屋は、ぴりぴりした空気に包まれていた。諫早を含めて四、五人いるなかに、丹兵衛の姿もあった。数馬の出動を見送るために居残っていたようだった。ちらちらと送ってくる丹兵衛の視線に、緊張が漲（みなぎ）っている。数馬が撃ち払いに参加することを喜んだ丹兵衛が、追捕となるとまるで違っていた。

この任務に伴う危険を嫌でも察した数馬の胸に、不安がこみ上げた。

中肉中背で精悍（せいかん）な面構えをした男が、つかつかと歩み寄ってきた。年齢は、数馬よりひと回り上に見うけられた。

顔に見覚えはないが、鉢巻に襷掛（たすきが）けといういでたちからみて、男が鉄炮方の同心でかつ、追捕の参加者の一人であることが察せられた。

「流山です。よろしくお願いします」

男はなにも答えず、数馬が抱えていた筒入れに手を伸ばした。

「私が運びます」

数馬は気を利かせていったが、男は余計な斟酌は無用とばかり、筒入れを二つ、摑み取った。それを両肩に下げると、懐から取り出した火縄の束と、早合（一回分の弾と弾薬を詰めた木筒）の入った胴乱を、数馬の手に押し付けた。

数馬の参加を歓迎していないことを、男は態度で示していた。

ただでさえ不安で、気持ちがささくれ立っている。滅多なことでは怒らない数馬も、さすがにカチンときた。

——こっちだって、来たくて来たわけじゃない。したくもないことに、付き合ってやってるんだ。

心の中で毒づいたとき、

「行くぞ！」

諫早の号令がかかった。

数馬は、諫早と男に続いて御用部屋を出た。なにを思ったか、丹兵衛が影のようについて来た。ひそひそと耳打ちする。

「あれは鉄炮方同心の中でも一の名手、柿畑だ。婿どの、遅れを取るでないぞ」

「はい」

数馬が心にもない返事をすると、丹兵衛がにっこり笑い、御用部屋へ引き返して行った。

呉服橋門から城を出た。

門外の堀に、二挺櫓の御用船が待っていた。数馬ら三人が乗り組むと、直ちに漕ぎ出された。

御用船が一石橋を潜って、日本橋川へ入った。

胴の間に腰を据えていた諫早が、艫にいた数馬を振り向いて、淡々といった。

「行き先は十万坪だ。しばらくかかる。その間に心の準備をしておけ」

ますます不安が募った。

「私はなにをすればよろしいのでしょうか？」

遠廻しに探りを入れると、

「一味は五人。昨夜、とある商家に押し入り、家族と奉公人を皆殺しにした凶悪犯だ。火盗改に追い詰められ、一家三人を人質に農家に立て籠もっている。逃がせば、また人に害をなす。それを未然に防ぐのが俺たちの役目だ」

「鉄炮で脅して従わせればいいのですね？」

「場合によっては射殺する」

「射殺……」

絶句した数馬に、柿畑が舳先（へさき）から声を投げてきた。

「もしそうなっても、お前の出番はないから安心しろ」

鉄炮磨ごときの手を借りるまでもないという、重ね重ねの侮蔑だった。だが、数馬は怒るより、安堵（あんど）した。

「お邪魔にならないよう気をつけます」

そんな二人の遣り取りに、諫早は口を挟んでこなかった。船の揺れに身を任せ、黙然と前方を見詰めていた。

大川（おおかわ）を遡り、仙台堀（せんだいぼり）に入った御用船が、十万坪に至った頃には、陽（ひ）もとっぷりと暮れていた。

目印に掲げられた高張（たかは）り提灯（ちょうちん）を頼りに、御用船が岸へ寄せられた。

三人が上陸すると、

「お待ちしておりました。わざわざのお運び、ありがとうございます」

火盗改の小者（こもの）に出迎えられた。

盗賊一味が、すでに捕縛されたことを願っていた数馬は、胸のうちで嘆息した。

提灯を手にした小者の先導で、枯れ草に覆われた原っぱを歩いた。

小者が足を止め、一味に明かりを見られないよう、提灯を吹き消そうとした。

「ちょっと待ってくれ」

柿畑が小者を制止した。どこからともなく取り出した短い火縄に、提灯の火を移した。

小者が、柿畑の機転に感心したようにうなずいてから提灯を吹き消した。じつは数馬も同じことを考えていたが、柿畑に先んじられていた。

そこからは月明かりを頼りに、しばらく歩を進めた。

また足を止めた小者が、

「間もなくです」

「賊はあの農家に潜んでおります」

半町ほど先の畑の中に、ぽつんと佇む農家を指差し、

「皆様が到着されたことを、報せてきます」

三人をその場に残して立ち去った。

数馬は叢にしゃがみ込み、首を伸ばして賊の立て籠もる農家に目を遣った。

雨戸を閉め切ったものか、漏れる明かりのない農家は、家の形をした黒い影でしかなかった。

あたりを見回すと、瓦葺の農家が数軒、月光に浮かび上がっていた。住人は避難したらしく、それらの農家も、真っ暗だった。

　ふと気づくと、柿畑が鉄炮の準備を始めていた。

　数馬は慌てて、筒入れから鉄炮を取り出した。手元の暗い中、装塡を済ませたときには、柿畑はすでに諫早の分を含めて二挺に弾を込め、火縄の点火も終えていた。

「これを使え」

　柿畑が、例の短い火縄を差し出した。

「ありがとうございます」

　数馬が受け取ると、なぜか柿畑は口の端を歪めて笑った。

「礼には及ばない。お前のためではないからな……」

　柿畑は親切で、火種を貸してくれたのではなかった。必要となれば、いつでも数馬の鉄炮を使うつもりで、あくまで己のためにしたことだった。

「…………」

　数馬は、水を浴びせられた気分になった。興醒めしたのではなく、危惧を覚えていた。賊は五人もいる。火盗改に追い立てられた一味が、いっせいに逃亡したらどうなるのか。

　それも数馬たちのいる待機場所へと向かって駆けてきたら――。

　賊が潜む農家との距離は、たった半町しかない。撃った鉄炮にすぐ弾込めをしても、とてもじゃないが間に合わない。

鉄炮が三挺あっても足りない状況で、もし柿畑に鉄炮を使われたら、我が身を護ることすらできなくなってしまう。

対処しなくてはならない賊が三名までで、しかも諫早と柿畑、そして自分が、一発も撃ち漏らさないようにしない限り、危機に陥るのは必至だった。

――そんなことにならなければいいが……。

数馬は、ただ祈るばかりだった。

三

なにごともないまま、時だけが流れていた。

あれから一度、火盗改の小者がやってきて、そのまま待機するよう指示されてからも、かれこれ一刻（約二時間）は過ぎていた。

柿畑が油断怠りなく、盗賊一味が立て籠もった農家を監視する傍らでは、出動に馴れきった諫早が鉄炮に凭れて船を漕いでいた。

数馬も農家のほうへ顔を向けていたが、じつは心ここにあらずだった。あまりの緊張に耐えられなくなり、風砲のことを考えて気を紛らせていたのだ。

脳裏に図面を再現して考えに耽っているうちに、自分がなんのためにここにいるかも失念していた。

それだけに、

「火盗改の御用である。神妙にお縄に就け」

静寂を破った朗々たる声は、寝耳に水となった。

一瞬、空白に落ち入ってしまい、その声を合図に農家を取り囲んでいた捕り手が、龕灯で農家を照らしたのを見て、我に返る始末だった。

「やっと始まったか」

諫早が首の骨を鳴らし、のんびりといった。

だが、一味が、雨戸を蹴破って戸外へ飛び出したとたん、表情が険しくなった。

「くそっ！　往生際の悪い奴らだ」

賊はいずれも浪人で、抜刀していた。うち一人が、四、五歳の娘を左腕に抱え、右手で刀を突きつけている。

賊は喚いていたが、娘の悲鳴に消されて聞こえなかった。

人質を盾にされるのは覚悟していたはずだが、それがいたいけな子供とは、火盗改も予想していなかったのだろう。一味を包囲した捕り方が、凍りついたように固まった。

現場は硬直状態に陥った。

はらはらしながら見守っていた数馬は、

ずっぱーん

突然、側近で起きた銃声に、飛び上がるほど驚いた。

暴発だった。

誤って引き金を落とした柿畑が、筒先から白煙を燻らせる鉄炮を握ったまま、呆然と立ち竦んでいた。

いきなりの発砲に驚いたのは、数馬だけではなかった。捕り方が、いっせいに銃声のしたほうを振り向いた。

その隙を、必死の賊は見逃さなかった。網に開いた穴から魚が落ちるように、一味が逃げだした。

逃走方向は、ばらばらだった。それを追って、捕り方も分散した。

故意か偶然か、娘を盾にした賊を追う者はいなかった。その賊が、数馬たちのほうへ向かってきた。

「寄こせ!」

柿畑が、数馬の鉄炮を奪い取った。その拍子によろけて叢に倒れこんだ数馬が、顔を上げたときには、柿畑がいまにも発砲しようとしていた。

賊の腕の中でもがいている娘の姿が目に入らぬはずがない。柿畑は、先ほどの失敗を挽回したいがために、あえて危険な射に挑もうとしていた。

「やめて下さい！」

数馬は声を限りに叫んだ。しかし、柿畑は一顧だにしなかった。

もしこのとき、諫早が対処しなければ、はたしてどうなっていたことか。

諫早は柿畑から二間、離れたところにいた。風のように走り寄ると、柿畑が膝台（ひざだい）に構えた鉄炮を足で蹴り上げた。

ずっぱーん
唸（うな）りを発した鉄炮が、夜空を撃った。

銃声で射手の位置を悟った賊が逃走方向を変え、斜め向こうへと遠ざかっていった。

「逃げられてしまったではないですか！」

猛然と抗議した柿畑を、諫早は無視した。

「流山！」

と一声放つと、手にしていた鉄炮を数馬に差し出した。

「いや、それがしに」

横から手を伸ばした柿畑を、

「貴様は黙って見ておれ！」

諫早が一喝し、

「逃がしてはならぬ、急げ！」

まごまごしている数馬を嗾けた。

「は、はい」

嫌々、受け取った鉄炮を、数馬は立ち放しに構えた。

殺気を感じ取ったか、賊がさらに逃げ足を速くした。

数馬は、賊の足に筒先を向けた。賊の背中を撃てば、貫通した弾が、娘まで傷つける恐れがある。そこしか狙う場所はなかった。

筒先の傾き具合で、数馬の意図を察した諫早が怒鳴った。

「頭を狙え。一発で仕留めろ！」

「無理です」

すでに距離は半町に達していた。

「責任は俺が取る。いわれた通りにしろ！」

「嫌です」

数馬は首を左右に振った。

「いま撃たないと、人質を取り戻せなくなる。要らなくなったら、あの娘は殺されてしまうかもしれない。それでもいいのか？」

「……わかりました」

数馬は鉄炮を構え直し、口の先を窄めて、ゆっくりと息を吐き出した。

「ふぅぅぅ……」

そうするうちにも、賊は遠ざかっていく。だが、脳裏から雑念が消えるに従い、照星（照準のこと）に捉えたその姿は、逆に大きくなっていった。

賊の頭部は、規則的に上下動を繰り返していた。放った弾が、賊の頭と首の継ぎ目――盆の窪に着弾する頃合を計って、数馬は引き金に乗せた指に、そっと力を込めた。

かちっ
カラクリが金属音を発して作動した。火皿がぱっと燃え上がり、銃声が轟いた刹那、見えない腕で殴られたように、賊が娘を抱えたまま前方に突っ伏した。

折り重なって地面に倒れた賊と娘は、ひとつの影となり、ぴくりとも動かなかった。

「娘には、可哀想なことになったな」

柿畑がどこか嬉しそうにいったが、

「大丈夫です」

淡々と応じた数馬は的中を確信していた。

「なにが、大丈夫なものか」

嘲笑が混ざった柿畑の声に、

「うぇーん……」

泣き声が重なった。賊の下敷きになっていた娘が、泣きだしていた。

「な、なにっ！」

柿畑が目を剥いたときにはもう、数馬は走り出していた。半町あまりを、一気に駆け抜けた。

数馬が放った弾丸は、寸分違わず、賊の盆の窪を撃ち抜いていた。息を確かめるまでもなく、絶息しているのがわかった。

「もう怖くないからね」

そう声を掛けながら、鉄炮を地面に寝かせ、賊の身体を横転させた。泣きじゃくっていた娘を抱き上げた。

柿畑と諫早が、おっとり刀で駆けつけた。掠り傷ひとつ負っていない娘を見た柿畑が、

「運が良かったな」

と捨て台詞を吐いた。

それを聞いても、数馬はなんとも思わなかった。娘を救えたことに比べれば、どうでもよかった。

「よしよし、いい子だ」

泣くのを止めた娘の頭を、優しく撫でてやった。ようやく安心したか、娘は数馬の胸に顔を埋めて指をしゃぶり始めた。

「諫早殿、こちらでござったか」

陣笠を被った武士が、歩み寄ってきていた。諫早と同年輩で、房の付いた十手を手にしている。

「火盗改の与力、栗橋様だ」

諫早が、数馬の耳元で囁いてから、栗橋と挨拶を交わした。

栗橋と一緒に来た小者が、持っていた提灯で賊の顔を照らした。被弾したにもかかわらず、意外と綺麗な死に顔だった。

「こやつは一味の頭だ。逃せば、面目が潰れるところだった。よくぞ仕留めて下さった」

栗橋が、諫早に頭を下げた。

「礼なら、この者に」

なぜか諫早が、柿畑の肩に手を置いた。

「え？」

これには、柿畑が目を白黒させた。

「柿畑の働き、おぬしも、見届けたな？」

諫早がすかさず、数馬に同意を求めてきた。諫早の意図が汲めないまま、

「はい、お見事でございました」

と数馬は応じた。

「大した腕前だ」

栗橋に褒められた柿畑は、

「いや、それほどでも」

謙遜こそしたものの、否定はしなかった。

「手向かい致したので、ほかの賊も全員斬り捨てた。その子の親は、縛られて押入れに閉じ込められ、疲れ果てておるが、我が子の無事な姿を見れば、すぐに元気を取り戻すだろう」

栗橋が、娘はこちらで預かり、親に引き渡すとつけ加えた。

——よかったね。

数馬は胸の内で呟き、すやすやと眠っている娘を小者に託した。

「田付様には後日、改めて礼に伺わせて戴く」

栗橋が一礼して、その場を去った。

「さて、俺たちは、引き揚げるとするか」

諫早が任務の終了を告げた。

城へ戻る船中、数馬の手柄を柿畑に譲らせたことについて、諫早はなんの説明もしなかった。

柿畑もだんまりを決め込み、数馬を見ようともしなかった。

四

「あいつ、近頃、おかしくないか？」

「おかしいどころか、天変地異の前触れかもしれぬぞ」

「それにしても、あいつの身の上になにが起きたものか」

「ついに愛想を尽かした女房が、逃げてしまったとか」

「うんうん、そんなところだろう」

徒目付（かちめつけ）の御用部屋で、ひそひそと陰口が交わされていた。

肴（さかな）にされていたのは、大崎だった。

日中、席を暖めることが滅多にない大崎が、ここ数日、御用部屋に引き籠もり、仕事もせずに居眠りばかりしていた。その珍事を、ああでもないこうでもないと、同僚たちが詮議していたのだ。

——うるさい雀（すずめ）どもめ。まあ、俺の目論見（もくろみ）通りではあるが……。

大崎は、眠ったふりをしていた。机に涎（よだれ）を垂らしての熱演だった。

先夜、奇妙な黒子（くろご）に襲われ、死ぬほど恐ろしい目に遭わされたが、それで懲りる大崎ではなかった。

逆に、推測が確信に変わっていた。やはり、綾瀬家と向井原家の間にはなにか繋がりがあると。

そして、そのなにかと黒子は絡んでいる。また黒子を刺客とみれば、背後に黒幕がいることになる。

それらを前提に、大崎は大まかな構図を思い描いた。

背景には、黒幕が中心となったなんらかの不正がある。理由はわからないが、発覚の危機を迎えた。黒幕は、己に繋がる糸を断ち切ることで対処した。その糸が綾瀬成匡と向井原帯刀で、黒幕に命じられた黒子が断行した。綾瀬と向井原が幕臣であることから、黒幕も公儀の中に潜んでいるのではないか。

諫早なら、一笑にふしてしまう仮説である。

飛躍し過ぎだと自分でも思うが、もし仮説が正しければ、見えない敵は身近に潜み、目を光らせていることになる。

それゆえ大崎は、怠惰な仕事ぶりを周囲に示して敵の目を欺き、そうする一方で、秘かに探索を進めていたのである。

城内での調査活動は、もちろんできない。探索には、役目を終えたあとの時間と非番の日を当て、それも敵の目に触れない、ごく限られた範囲でのみ実行していた。

綾瀬が賭場に頻繁に出入りしていたのは、それ以前の聞き込みで摑んでいたものの、どこの賭場なのか、判明していなかった。大崎はそれを探し当てるべく、番町周辺にある賭場を虱潰しに当たっていた。

　番町周辺に的を絞ったのは、触れで禁じられているにもかかわらず、江戸には掃いて捨てるほど賭場が開かれていたからだ。いちいち当たっていたら、それこそ一生、かかってしまう。綾瀬が頻繁に出入りしていたなら、屋敷からそんなに遠くではなかろうと、考えてのことだった。

　それでも、十や二十の数ではなかった。おまけに、賭場は初見の客を嫌う。潜り込むだけで苦労した。一夜で数箇所も廻れなかった。

　いい加減、嫌になっていた探索に、昨夜、急展開があった。

四谷伝馬町の、とある武家屋敷の中間部屋で開かれていた賭場でのことだった。

話を聞き出せたのは、盆蓙で隣り合わせた浪人だった。

「この賭場には武家も出入りするらしいな」

　世間話でもするように話しかけただけで、昨日は非番で着流しだった大崎を、浪人は同類と思い込み、あっさりと胸襟を開いたものだ。

「ああ、家来まで連れて出入りする旗本がいた。偉そうにふんぞり返っておったわ」

　浪人は苦虫を嚙み潰したような顔つきになったが、すぐに、にやりと笑い、

「もっとも、もう来たくても来られなくなったがな」

「いい気味だ。尻の毛まで毟られたか」

大崎は逸る気持ちを抑えて調子をあわせた。賭場に出入りするうちに散財を重ね、あげく張る金もなくしてしまったのかと。

「いや、そうではない」

浪人がかぶりを振った。「あの世へ逝きおった。それも家来に鉄炮で撃たれてな……」

大崎の鼓動が跳ね上がった。

「なんと、家来にか？」

「その家来も、鉄炮で自裁したということだが……」

ここで浪人が、周囲を憚るように声を潜めた。

「なにか不審でも？」

「じつは、ある噂が流れている。現場を目撃した者がいるらしい」

大崎は思わず身を乗り出した。

「いったい、その者は、なにを見たのだ？」

「残念ながら、そこまでは伝わっていない。が、その者は、死ぬほど怯え、慌てて姿を消したそうだ」

「なにを見ればそうなるのか、貴公はそのあたり、どう思われる？」

「例えば、主も家来も、ほかの誰かが殺した。それを見た者が、後難を恐れて姿を消したと見れば、辻褄が合う」

「ふーむ」

大崎は、さも感心したように唸り、

「ところで貴公、その面白い話を、どこで耳にされたのだ？」

と、そんなことがあり……。

浪人から聞き出したのが、神楽坂下にある『伊勢虎』なる赤提灯の居酒屋である。むろん、仕事が退け次第、行くつもりだ。

「ひとこと注意したほうがいいかもしれんぞ」

「いやいや、あいつに引っ掻き廻されることがなくなって、むしろ歓迎だ」

「それはいえるな。藪をつついて蛇を出しても仕方がない」

「そういうこと、そういうこと」

陰口は止まるところを知らず、続いていた。うるさい雀どもに、なにを言われても屁の河童だったが、

――城を出る前に、死んでしまいそうだ。

生来、じっとしているのが苦手な大崎は、額に脂汗を滲ませていた。

『伊勢虎』と墨書された文字が辛うじて読み取れる、穴だらけの赤提灯を横目に見なが

ら、大崎は縄暖簾(なわのれん)を潜った。

間口一間半の居酒屋は、奥行きも二間しかなかった。そんな狭い店内に、空樽(あきだる)をひっくり返して、上に板を載せただけの席が、左右に並んでいた。

開店して間もないだろうに、早くも四人の職人風の客が、向かって右側の席を埋めている。彼らの発する汗の臭いが、店内に漂っていた。

黒羽織を纏(まと)った、場違いな武家の入来に、四人の会話が、ぴたりと止まった。

大崎は奥の席に腰を下ろし、台所にいた初老の店主に酒を注文した。

四人は、大崎を安酒を呷(あお)りにきた貧乏御家人と受け取ったらしく、会話を再開させた。

店主が一合枡(ます)に注いだ酒を運んできた。

大崎は、明らかに水で薄められた軒醒(のきさ)めの酒を、ちびちび舐(な)めながら、四人の会話を背中で聞いた。

例の噂話をしていないかと思ってのことだが、

——どうでもいい。

世間話だった。

会話に割り込む気にもなれず、大崎はほかの客が来るのを待った。

店者(たなもの)が二人、入店したのは、大崎が二杯目の枡酒を呑(の)み干したときだった。

二人は板席の端に縮こまるようにして腰を並べた。

立て続けにもう一人、若い男が現れた。

男は一瞥で中間とわかる、紺色の法被に梵天帯の組み合わせだった。背丈は並みだが、その割に肩幅があり、がっしりした体格をしていた。

空いた席が武家の隣しかないと気づいた中間が、どことって特徴のない顔に、戸惑いを浮かべた。

「遠慮しなくていいぞ」

大崎は、気さくに声をかけた。

「はあ、どうも」

ぺこりと頭を下げた中間が、板を跨いで座り、

「親父、酒」

「わしにもくれ」

大崎も便乗して、三杯目を注文した。

店主が運んできた二つの枡を、それぞれが受け取った。

喉が渇いていたらしく、中間は一合枡をひと息で呷った。見事な呑みっぷりだ。

大崎は枡を口に近づけ、

「思ったより酔いが廻っていた。この一杯は余計だったな……」

わざと独り言を漏らし、

「まだ口をつけておらぬ。良かったらどうだ？」

と、中間に勧めた。

「いや、そのような」

遠慮する中間に構わず、

「まあそういわず、袖振り合うもなんとやらだ」

大崎は、空になった中間の枡に、自分の酒を注ぎ足してやった。

「おそれいります」

枡の縁から溢（あふ）れそうになった酒を、中間が口を付けて啜（すす）る。

中間が店に入ってきたときから注目していた大崎は、頃合とみて、切り出した。

「そのほうは、この近くで働いておるのか？」

「はい、麹町のさるお屋敷に、雇われております」

麹町は番町の隣町である。番町で起きた事件を、この中間が知らぬはずがない。

目撃者がいたという例の噂まで、もしかしたら聞き及んでいるかも。

「ほう、麹町か」

大崎は相槌（あいづち）を打ち、思い出したように口にした。

「そういえば、この前、番町で大騒ぎがあったな」

すると中間が、ああ、あのことかとうなずき、

「ええ、大変な騒ぎでしたね」

「なんでも、事件を見た者がいたとかいう噂があるそうだな？」

ここは一足跳びにぶつけてみた。

「そんな話を、私も耳にしました」

――まだ、ツキが続いているらしい。

昨夜に次いで訪れた幸運を喜びつつ、大崎はおくびにも出さずに問いを重ねた。

「近所の者が、たまたま通りかかったとか？」

「まあ近所と、いえますかね」

中間が、微妙な言い回しをした。

あたりがいくぶんか、静かになっている。居合わせた客が、聞き耳を立て始めていた。

「近所ともいえる？」

大崎はそう訊き返して中間を促した。

「私が聞いたのは、あのあたりで商いをしていた、屋台の蕎麦屋のことです」

「なるほど、屋台を引いていて、通りかかったということか……」

大崎は顎に手を当て、次になにを問うかを考えた。その隙に、

「兄さん、なにかい？」

耳をそば立てているだけでは、我慢できなくなった客――職人の一人が、嘴を突っ

込んできた。

「俺も事件を見た奴がいて、姿を隠したとかいう噂を聞いてるが、それがその蕎麦屋だったのかよ？」

「……というか、噂では事件を見た誰かが、姿を隠したことになっていたじゃないですか。それと最近、姿を見かけなくなった、蕎麦屋を結びつけたのだと思いますよ」

ようするに逆算である。当て推量といってしまえばそれまでだが、

——まず、間違いない。

大崎には、ピンとくるものがあった。

「そうなんだろうが、意外といいところを、ついてんじゃねぇか」

職人もしたり顔でいい、

「でよ、その蕎麦屋は、どんな野郎だ？」

「お年寄りだとしか」

「やばいことに巻き込まれそうだと思って、河岸を変えたんだろうな。どんなやばいことなのか、知りてぇもんだぜ」

大崎は成り行きに任せ、二人の会話に黙って耳を傾けることにした。

だが、中間はそれ以外、目ぼしいネタは持っていなかった。

話が萎んだのを汐に、大崎は店を出た。

――さて、どうやって、その蕎麦屋を探しだせるかだが……さし当たって、同業者でも当たってみるしかなさそうだな。

次の探索の段取りを考えながら、夜道を歩き出した大崎は、伊勢虎の縄暖簾の隙間から、あの中間に注視されていたことには気づかなかった。

大崎の姿が闇に溶け込むのを待って、中間が奔りだした。

あとを追ったのではなく、大崎とは違う方向へ、だった。

風を切るような俊足――足音はまったく聞こえない。

五

「もう、うんざりだ。久しぶりに寺社奉行から呼び出されたが、また同じ話の繰り返しだった」

不機嫌を絵に描いたような顔で、一貫斎が吐き捨てた。

「御公儀は、慎重に事を進めようとなさっているのでしょう」

数馬は穏やかな口調で宥めたが、慰めにもならなかった。

「慎重なのではない。あの馬鹿どもは、時を無駄に潰しているだけだ」

罵声を発した一貫斎は、額に青筋を立てていた。

一貫斎がそうなるだけの事情を知っている数馬は、言葉に窮した。

七年前の文化八年（一八一一）、当時、三十四歳だった一貫斎が、彦根藩から二百匁玉の大筒（口径約五十ミリ）を発注されたのが、そもそもの発端であった。

鉄炮の発注は、国友鉄炮鍛冶の年寄を介して行うのが原則とされている。一貫斎に直接、発注するのはこれに反するとして、年寄たちは猛反発した。彦根藩が発注時に、一貫斎を藩の御用係りに任じたことにも不服を唱えた。

権威をないがしろにされたことへの反発と見えて、じつは根底に妬みがあった。

国友村が衰退期に入って以降、年寄たちも困窮していた。そんななか、大筒の製造を百十七両で請け負った一貫斎が、年寄たちの目にどう映ったかは、子供でも想像できることだった。

ともかく年寄たちは、彦根藩に対して正式に抗議した。まさか相手の逆鱗に触れるとは、夢にも思わず。

翌年四月、彦根藩は一貫斎を除く、国友鉄炮鍛冶の領内立入禁止令を出した。国友村で張り立てた鉄炮は、彦根藩領小谷宿の人馬を使って幕府へ納入される。それができなくなってしまった。困り果てた年寄たちは、おそれながらと公儀に訴えた。

彦根藩が発した禁止令の解除はいうまでもなく、この機に乗じて国友村への受注増加を目論んだ年寄たちは、諸大名が自藩で独自に製造する鉄炮についても、数を制限するよう公儀に求めた。

その訴訟が起こされたのが六年前のことで、当事者である一貫斎が、江戸へ召還されてからも、すでに一年半が経過している。

凡人とは時間の密度が違う一貫斎が、遅々として進まぬ訴訟に苛立つのも無理はなかった。

——困ったことになったな。

数馬は、一貫斎がもっと機嫌を悪くしそうな案件を抱えていた。

もちろん、風砲のことである。

あれからも暇をみては一貫斎の設計を検証したが、師が喜びそうな改良点を見つけられないでいた。

一貫斎は三匁五分玉に固執している。実現するには、風砲本体の性能を引き上げる以外、解決法がないことはわかっていた。だが、その方法を思いつけないでいた。

むしろ三匁五分玉を諦めて細い口径のまま、試作を急いだほうがいいと提案するつもりで、非番のこの日、図面を返却しがてら、鉄炮会所に赴いていたのだった。

一貫斎には人一倍、気難しいところがある。いったん臍を曲げると、口を利いてもくれなくなってしまう。

ただでさえ気の重い提案を切り出すには、なによりまず機嫌を直してもらわなければならない。

「お気持ちはよくわかります。ですが江戸にいることは、一貫斎様にとってもなにかと有益なのではありませんか？」

「うーむ」

唸った一貫斎が、

「たしかにそれはある。国友村に閉じこもっていては、見聞きできないことが多いからな」

険しかった表情が和らいだのを認めた数馬は、

「お預かりしていたものを、お返しします」

図面を取り出して一貫斎の前に置いた。

「おお、そのことで来たのか。で、どうだった？」

「私には、これ以上、手を加えるところがあるとは思えませんでした」

とりあえずそう答え、提案の機会を待つことにした。

「ほんとうか？」

「強いていうなら、風砲よりも生気棍（せいきこん）が気になりました」

生気棍とは棒状の鞴（ふいご）のことである。設計図にそう記されていた。

「どう気になった？」

「もっと短い時間で、空気を入れられればいいのではないかと……」

「たしかに、いまの生気棍では手間がかかりすぎる。風砲を使う段になって空気を詰めていたのでは、いざというとき役に立たない。ぜひとも改良せねばならんな」

うなずいた一貫斎が、急に大きな声を張り上げた。

「事前に蓄(たくわ)えておいた空気が漏れなければ、いつでも撃てるじゃないか！」

「えっ？」

驚きを通り越して呆(あき)れた。床尾(しょうび)――設計図では蓄気筒となっていた――の空気漏れは防げないものだという数馬の思い込みを、一貫斎はあっさりと覆していた。

「あっ！」

と叫んだのは数馬だった。

「なにか閃(ひらめ)いたか？」

「蓄気筒は取り外しができます。予備を持っていれば、生気棍を持ち歩く必要もなくなります」

生気棍は結構、嵩(かさ)があって、しかも重い。携帯しなくて済むなら、それに越したことはない。

「蓄気筒は空洞だ。もともと軽い。そこにいくら空気を詰め込んだところで、大した重さにはならないだろうし――」

　ここでなぜか、一貫斎がはたと考え込んだ。

「どうかなさいましたか？」

「いや、そもそも空気には重さがあるのだろうか？」

「そんなことを考えていらしたんですか」

　蓄気筒の改良について話しあっているうちに、一貫斎は空気の重さという、とんでもないところへ思考を飛躍させていた。

「そうだ、量ってみればわかるじゃないか」

　膝を打った一貫斎に、

「いったい、どうやって？」

「蓄気筒の重さを量ればいい。空気を蓄える前と後で重さが変われば、その差がすなわち、空気の重さだ」

　天地がひっくり返ったようだった。

　――この人は、本当に人なのだろうか？

　数馬は一貫斎との間に、人と神の違いを感じていた。


　鉄炮会所を出たときは西の空にあった陽が、すでに沈んでいた。

　夜の帳に押されるように家路を急ぐ数馬が、いつになく頬を紅潮させていたのは、いまだ興奮状態が続いていたからだった。

未知の世界に触れることほど、人を興奮させるものはない。

一貫斎は数馬にとって、まさに未知の宝庫。ともに過ごす刻はいつも刺激に満ち、興奮の連続だった。

ただでさえそうなのに、今日はまた格別だった。

あれから二人で、空気の重さを計測した。空気をぱんぱんになるまで注入した蓄気筒は空の状態より、ほんのわずか重かった。

目には見えなくても、空気が存在することは知っていた。水の中に泡が立つことや風が吹くことが、その証(あかし)である。今回、空気に重さがあると確かめたことで、数馬は空気の存在をより強く実感していた。

——だから弾足(たまあし)が落ちるのか。

破壊力の低下でわかることだが、遠くへ飛ぶほど、弾丸の速度は遅くなる。そういうものだとごく自然に受け取っていた。

だが、そうではなかった。空気という見えない壁に阻まれていたのだ。

——ようするに空気だ。空気なんだが……。

鉄炮の性能を格段に向上させる手掛かりが、空気に潜んでいる。その手掛かりが、摑めそうで摑めないのが、なんとも、もどかしかった。

「しまった……」

気がつくと、知らない路地を歩いていた。

国友村とは違い、江戸の町は広大だ。そこを縦横無尽に走る道は、数馬にとって迷路に等しかった。

だいたいの方角は間違っていないようだが、闇雲に歩けばますます迷ってしまいかねない。やはりここは、いったん引き返すのが得策だろう。

数馬は踵を巡らせた。

しばらく戻ると、表通りの明かりが目に入った。そこを行き来する人の姿も見える。

ほっと安堵したとき、表通りから数馬のいる路地へ、人がひとり、入ってきた。

明かりを背にしているので輪郭しかわからない。それでも男だということはわかった。

狭い路地でも擦れ違うだけの道幅はある。互いに道の端に寄って、擦れ違おうとしたとき、

「あっ」

男がなにかに躓いてよろめいた。肩と肩がぶつかった。

自分に非があるわけでもないのに、数馬は反射的に謝罪を口にした。

「すみません」

だが、男はなにもなかったように、通り過ぎていった。

——よっぽど、急いでいたんだろうな。

人のいい数馬は、そう解釈した。

表通りへ出たところで、急に不審を覚えた。男のぶつかり方が、なんとなくわざとらしかったような気がしていた。

——まさか、掏摸（すり）？

数馬は慌てて、懐に手を突っ込んだ。

なにも盗まれてなかった。

無闇に人を疑った自分が恥ずかしくなったが、懐から手を抜いたはずみに、四つ折にした半紙が足元に落ちていた。

——変だな。

そんなものを懐に入れた記憶がない。数馬は首を捻（ひね）りつつ、半紙を拾い上げた。拡（ひろ）げると、殴り書きにされた文字が目に飛び込んできた。

次の瞬間、数馬の手が、わなわなと震えだした。

第四章

一

ほとほとと、表戸を叩く音がする。

座敷に横たわり、腕枕で考え事をしていた大崎は、

「おいっ、誰か来たぞ」

隣室で繕い物でもしているはずの妻に声を投げた。

客への応対を求めてのことだが、返事はなかった。

大崎は、帰宅したときから美代がいなかったことに、ようやく思い至った。

同僚たちが陰口していたように、愛想を尽かされ、逃げられたわけではない。

大崎はともかく、美代は夫に尽くす良くできた妻で、子こそなしていないが、夫婦仲もよかった。

大崎のために、ちゃんと用意されていた夕餉の膳に、こんな書置きが添えられていた。

――品川の実家に用事で出かけます　今夜は泊まりで明日には戻ります　美代
「ちぇっ、面倒臭いが仕方ねぇ」

立ち上がったとたん、

――あいつなら、俺の家を突き止めるくらい、朝飯前にやってのけるだろう。

黒子のことが頭を過ぎった。

大崎は床の間の刀架けから脇差を取り、玄関へ向かった。

「どなたかな？」

「夜分にすみません。流山です」

「なんだ、お前か」

大崎は安堵しつつ、表戸を開いた。

「よく俺の家がわかったな」

「諫早様から聞きました」

「で、なんの用だ？」

「早く、お耳に入れたほうが良さそうなことがありまして」

「俺しかいないので持て成しもできんが、まあ、上がってくれ。ただし、あまり長居をされては困るが……」

「これから、どこかへお出かけですか？」

「まあな」

大崎は『伊勢虎』で中間から聞き込んだ屋台の蕎麦屋を捜すべく、同業者を当たろうと考えていた。

屋台が店開きをする刻限になるのを、考え事をしながら待っていたのだ。

「お手間は取らせません。すぐに、お暇します」

そういう数馬を、大崎は座敷に招き入れ、脇差を刀架けに戻して対座した。

「話とはなんだ？」

「あの馬上筒のことです」

「うん？」

「確かめたいことがあります。馬上筒は、まだお持ちですか？」

「押入れに突っ込んである」

「良かった」

言葉とは裏腹に、さして喜んだ様子もなく、

「見せて下さい。とても大事なことです。もしかすると、あの馬上筒は凶器ではなかったかもしれません」

「なにっ、凶器ではなかっただと」

大崎は目を剝いた。

「ええ、カラクリが、ちゃんと作動するかどうか、疑わしいのです」

カラクリがどうのといわれても、よくわからない。

「ようするに、弾が撃てないということか？」

大崎はざっくりと訊ねた。

「そうです」

「もしそれが本当なら……」

いい意味で、只事ではない。

現場に残された馬上筒が凶器でなかったなら、実際に使われた凶器は別にあり、現場から持ち去られたことになる。

ほかに下手人がいたことは、いうまでもない。

「すぐに取ってくる」

大崎は、居室の押入れから馬上筒を引っ張り出してきた。

数馬がさっそく火挟みを起こし、火蓋を開いてから、引き金を落とした。

かちり

火挟みが火皿を叩いた。

素人目にはちゃんと作動しているように見えたが、

「やはり……」

独り言を漏らした数馬が、座敷の隅に置いてあった行灯へ膝で進み寄った。火挟みに顔を近づけ、いろいろな角度から仔細に眺めてから、

「この馬上筒は凶器ではありません。撃っても弾は出ません」

と断言した。

「どこがどうなっていて、弾が出ないのだ?」

「説明が難しいです。それより」

数馬が、腰に付けていた胴乱の蓋を開き、中から七味入れのような細長い木筒を取り
出した。木筒の片側は紙の蓋で塞がれている。

「これは早合といって、中に火薬と弾を一緒に詰めてあります」

いいながら数馬が、紙の蓋を引き剝がした。

開口部を真上に向けた馬上筒の巣口に添え、早合の筒を傾けた。

さらさらと火薬が零れ落ち、最後に鉛の弾が巣口に吸い込まれた。

「あとはこうするだけで、火薬が火皿まで廻ります」

数馬が馬上筒の床尾を、なんどか畳の上に軽く打ちつけた。

馬上筒を水平に戻して火蓋を開くと、はたして火薬が火皿を満たしていた。

「ずいぶん便利なものがあるんだな」

大崎は感心しつつ、番町の現場には早合を使った形跡がなかったことを、あらためて思い出した。

「弾も所定の位置に落ち着いたはずですが、念のためにカルカで突いておきましょう」

数馬が馬上筒から抜いたカルカを銃身に差し込み、弾を押し込んだ。

それが済むと、こんどは一尺ばかりの火縄を胴乱から取り出した。

「ここで試すつもりじゃなかろうな？」

大崎は、冗談半分で訊いたが、

「はい、論より証拠といいますから」

「御家人の家で発砲騒ぎなど起こせば、役を解かれるどころか、切腹ものだぞ」

「大丈夫です。絶対にそんなことにはなりません。まあ見ていて下さい」

微笑んだ数馬が、行灯を使って火縄に点火した。

――こいつ、本気だ。

大崎は唖然とした。職人にありがちな、過剰に物事に拘る気質の持ち主だとは感じていたが、まさかここまでとは……。

「馬鹿な真似は止めろ！」

馬上筒を取り返そうと、大崎は数馬に迫った。ところが――。

優男とばかり思っていた数馬が、

すすーっ

予想を超える素早い動きで、腰を屈(かが)めたまま後退(あとずさ)りした。

「いい加減にしないと叩き斬るぞ！」

大崎は、床の間の刀架けへ走ろうとした。

「動くと撃ちますよ」

すでに火縄を火挟みに装着した数馬が、馬上筒を向けていた。伏し目がちにした双眸(そうぼう)に、陰鬱な陰が宿っている。大崎は慄然と悟った。

「端(はな)から俺を殺す気で、おかしな芝居を打ちやがったな」

数馬がこくりとうなずいた。

「なぜだ？　なぜ俺を殺す？」

「まだ、おわかりになりませんか？」

数馬が問いで返してきた。

「ここが、いかれたとしか思えない」

大崎は頭に指を当てた。

「よく考えて下さい。あなたには、口封じされるだけの理由があるじゃないですか」

数馬が、台詞(せりふ)を棒読みするようにいった。

「口封じ？」

繰り返したとたん、身体が震えだした。黒子の警告を無視して探索を続けたことを悟られてしまったのだと、気づいていた。ただ、あのときの黒子が数馬ではないことは明らかだった。体格が違う。もっと背が低く、がっしりとしていた。

「やっと、おわかりになったようですね」

「綾瀬と高部を殺めたのは、お前だな？」

「ご明察の通りです」

「向井原も、お前が殺ったのか？」

「違います。名前を聞いたことはありますが、殺されたことは、いま初めて知りました」

嘘を吐いている様子はない。これから死ぬ大崎に、なにを知られても構わないということだろう。そう思うと恐怖心がこみ上げてくるが、

――せっかくだから、冥土の土産に貰っておくか。

大崎は乾いた気分で開き直った。質問を続ける。

「向井原を誰が殺ったか、心当たりはないか？」

「おそらく、党の者の仕業でしょう」

「党？」

「黒子党といいます」

りもなにもないな」

「俺も一匹、見たことがある。黒子の装束を纏った奴を。黒子が集まって黒子党か。捻りもなにもないな」

「………」

「お前のほかに、何人いる？」

「わかりません」

「党員の数も知らないのか？」

「人数も、首領が誰なのかも、まったく……」

「首領は公儀の者だろう？」

「それは間違いありません」

「黒子党が、綾瀬や向井原の口を封じた理由はなんだ？」

「それに関しては、私より大崎様のほうが、真相に迫っていると思います」

——うん？

大崎は突然、不可解な事実に気づいた。

「お前と会うまで、俺は綾瀬の死に、なんの疑いも持っていなかった。その俺をけしかけたのは、綾瀬を殺したお前だ。あげく俺は、下手人がいるのではないかと嗅ぎ回り、お前の手にかけられようとしている。これはいったい、どういうことなんだ？」

なぜか、数馬が沈痛な面持ちになった。

「なにもかも、私のせいです。黒子党のことを探って欲しくて、あなたを唆してしまいました。こんなことになって、本当にごめんなさい」

「なんということだ。いくらなんでも――」

「酷すぎると思います。でも、こうするしかないんです」

数馬が馬上筒を構えて近づいてきた。

「待て、待ってくれ。綾瀬と向井原についてわかったことを、教えてやる」

「もう、どうでもいいです」

数馬が厭々をするように首を振った。

「とにかく、俺は金輪際、手を引く。これまでに知ったことは、全部、墓まで持っていく。だから殺すのだけは勘弁してくれ」

この場限りの嘘ではなかった。大崎は、本心から命乞いをしていた。

「そんなことで、見逃してくれる相手ではありません」

「俺は今後、黒子党のために働く。お前から首領に伝えてくれ。お前のせいでこうなったんだ。それくらいの義理はあるはずだ」

「駒のひとつでしかない私に、そんな裁量は与えられていません。筋書きにのっとり、最後の仕上げをするだけです。いまここに奥方様がおられないのも、党の誰かが、そうなるよう手配したことなのです」

「そこを、なんとか」

「命令は絶対です。逆らえば、私の命がありません。あなたを唆したことで、私もすでに、無事では済まされないところまで、追い詰められているのです」

「頼む、この通りだ」

大崎は数馬の足元で土下座した。額が畳に触れた瞬間、無音の気合を発して、上半身を起こした。

「あっ！」

数馬が叫んだときには、馬上筒の先を右手で摑んでいた。さらに左手で数馬を突き飛ばした。

「馬鹿め！」

大崎は奪い取った馬上筒を、数馬に向けた。床の間の前に倒れた数馬が、刀架けの大刀に手を伸ばした。

鉄炮など撃ったこともない。だが、距離はたった一間。

「死ね！」

大崎は躊躇うことなく引き金を落とした。

凄まじい轟音とともに、視界を真っ赤な炎が覆った。

それがまさか、今生で見る最後の光景になろうとは。

炎に包まれた次の瞬間、言語を絶する苦痛が大崎を襲った。

あまりの痛みで、自分の身になにが起こったか、考える余裕もない。唯一、わかったのは、自分の身体が、二度と元通りにならないほど『壊れた』ことだった。

絶叫も声にならない。露出した喉笛から、ひゅうひゅうと音が漏れた。

まさに身を引き裂かれたような激痛が、すぐに治まったのが、せめてもの救いだった。

畳の上でのたうち廻る間もなく、大崎は事切れた。

二

西瓜（すいか）を叩き潰したような惨（むご）い死骸を、数馬は正視できなかった。

濃厚に立ち込める血の臭いに吐き気を覚え、口を手で押さえて玄関へ走った。

空いた手で履物を拾い上げ、屋内へ引き返す。座敷は通らず庭へ抜け、履物を履いて裏へ廻った。

六尺高の板塀の一角に、閂（かんぬき）を降ろした裏口があったが、数馬は塀沿いに立つ柿の木へ攀（よ）じ登った。そこから、塀の向こうへ飛び降りた。

細い路地を、足音を殺して走る。ようやく吐き気も治まったころには、路地の奥に神社の鳥居が見えてきた。

鳥居の前で立ち止まり、背後の暗闇を透かし見た。

誰にも追われていないとわかると、鳥居を潜(くぐ)って境内に立ち入った。

敷地十坪足らずの小さな神社。崩れかかった狛犬(こまいぬ)。人の背丈ほどの祠(ほこら)……。

境内に人の姿はなかったが、祠の奥の闇から、声が問うてきた。

「首尾は？」

数馬が麴町の廃屋敷で、綾瀬と高部の殺害を報告した相手と同じ声だった。

数馬は祠に向かい、片膝をついて低頭した。

「上々です」

「いかなる手立てで？」

「あの筒には、大きすぎる弾を、無理矢理押し込みました。その上で、大崎様が私を撃つよう仕向けました」

「で？」

「筒が暴発し、大崎様は命を失われました」

それきり声が途絶えた。

重苦しい沈黙が、あたりを支配した。

数馬は初めて気づいた。闇の中に、人の気配がある。一人や二人ではない。十五、六、いや、もっと多いかもしれない。とにかく、蟻(あり)の這(は)い出る隙もないほど、びっしりと取り囲まれていた。

腿に乗せた右手が、小刻みに震え、冷たい汗が背筋を伝わった。

血の気が失せ、意識が朦朧としてきたとき、やっと沈黙が破られた。

「大崎は不慮の事故で死んだ、そういうことだな？」

「はい、誰が見ても事故です。疑いを持たれることはありません」

たったそれだけの言葉を絞りだすのに、四半刻もかかったような気がした。

「うむ、ご苦労であった」

声が労った。数馬は、心の中で安堵の息を吐いた。

「で、では、これにて」

ふらつく足で立ち上がった。そのまま、後退りしてから反転した。

低い声が、刃物のように背中に突き刺さった。すぐそこにある鳥居が、無限のかなたへ遠ざかっていく。

「こんどだけは見逃してやる。次はないと思え」

それでも、ぎくしゃくと歩を進め、なんとか鳥居を潜った。傷を追った獣が猟師から逃れるように、よろよろと走りだした。

それからしばらくして――。

境内を取り囲んでいた、闇よりも濃い影の群れが、四方へ散っていった。

あとに残ったのは、祠の裏から現れた頭巾を被った黒羽織の武家と、二人の黒子であった。

黒子の一人が、

「あやつは、小人目付を殺した下手人として、斬り捨てるはずでは?」

と頭巾の武家に問いかけた。

「そのつもりで、鉄炮で撃ち殺せとしか指示しなかったが、まんまと切り抜けられた」

「たしかに、鉄炮の暴発事故に下手人がいては、いらざる疑いを招いてしまいましょう。ですが、党に危険を及ぼそうとした流山を、このままにしておくわけにもいきますまい」

「それも承知のうえだ。あやつは黒子に任じられて間もないが、綾瀬と高部、大崎も含めると、都合三件の殺しを、見事にやり遂げた。

また先日は、人質に掠り傷ひとつ負わせることなく、賊を一発で仕留めてもいる。その腕前もさることながら、この場を切り抜けたあの機転、失うにはまだ惜しい」

「それはそれで、両刃の剣ともなりかねませぬ」

「そんなことはいわれなくとも、わかっておる。これまで以上に、あやつから目を離すな。わずかでも疑いがあれば、そのときは容赦なく抹殺する」

「その役目も、ぜひそれがしに」

「諫早、おぬしが流山を憎む気持ちはわからぬでもない。が、私情を挟むと過ちを犯すのが人というもの。おぬしはこれまで通り、あやつを監視する役にのみ徹せよ」

この遣り取りを数馬が耳にしていたら、その場で卒倒したかもしれない。この黒子こそ、鉄炮方与力・諫早兵庫にほかならなかった。

諫早は役職を利用して、正体を悟られることなく、数馬を監視してきた。それゆえ、大崎が事件を嗅ぎ廻るよう数馬が仕向けたことも、党の知るところとなったのである。

諫早は親友の命を救うべく、探索から手を引くよう、再三、説得した。それでも聞き入れない大崎を、湯島聖堂近くの路上で襲い、警告までした。

だが、その努力が報われることは終ぞなかった。いまや諫早にとって、数馬は憎むべき友の仇となっていた。

「お許しを得ない限り、決して手出しはせぬと誓います。なにとぞ、お聞き届け下さい」

「しつこいぞ、諫早。黒子の分際で、党首のわしに意見する気か」

雷に打たれたように、はっとなった諫早が、

「申し訳ございません。お忘れ下さい」

腰を深く折って謝罪した。

「もっとも、党が手を下さずとも、流山は果てるやもしれぬぞ」

　党首が含みのある言葉を繋（つな）いだ。

「どういうことでございますか？」

「龍玄斎（りゅうげんさい）だ」

「あの男が見つかったのですか？」

「ついに居場所を突き止めた。わしが今宵（こよい）、流山を殺さぬことにしたのは、そのことも踏まえてのことだ」

「鉄炮撃ちに鉄炮撃ちを差し向ける。そういうことでございますか」

「いかにも。流山が龍玄斎を斃（たお）せばそれでよし、もし敗れたとしても、それまでのこと。いずれにせよ、流山を捨て駒として使えば、大胆な策が打てる。どうだ、これでおぬしも、少しは得心したか？」

「ははっ」

　諫早が首肯すると、それまで黙っていた黒子が口を挟んだ。

「それがしは、小耳に挟んだことしかありませんが、なんでも龍玄斎は、十年前、黒子党を裏切り、離脱したとか？」

　党首は答えず、諫早に問いかけた。

「たしか、諫早が入党して間もない頃だったな？」

「そうですが、一度、手引きしたことがあるだけで、碌に話もしませんでした」

「そうか、ちょうどいい機会だ」

　頭が前置きして、説明を始めた。

「黒子党の創設時から、鉄炮使いは、国友村から選出してきた。国友村では黒子に選んだ者を裏流宗家と称し、さまざまな形で支えてきた。龍玄斎は流山の二代前の宗家で、並ぶ者のない鉄炮の名手であった。黒子となって以来、数々の暗殺をこなしたが、あるとき、取り返しのつかないしくじりを犯した。それがどんなものであったかは、おぬしらにも教えられぬ。ともかく龍玄斎は、党に不利益をもたらした黒子は、自ら命を絶つという党の掟を破って逃走した。それだけでも罪は重い。けしからぬことに、龍玄斎めは、差し向けた追っ手を、五人も返り討ちにしおった」

　党首が握り締めた拳を、ぶるぶると震わせた。

「こんどこそ、きゃつを仕留めねばならぬ。おぬしらも、刺し違えてでも討ち果たす覚悟で挑め」

「必ずや、やり遂げてみせまする」

　諫早が言い切り、

「お頭様の期待に添えるよう、死力を尽くします」

　もう一人の黒子も声に力を込めた。

「いずれ招集を掛けるまで、英気を養っておけ」

「ははっ」

諫早と黒子が揃って低頭した。


「おかえりなさい。遅くまで、ご苦労さまでした」

数馬は若狭に出迎えられていた。

それ以前の記憶が抜け落ちている。どの道を通って家に辿り着いたのかも、わからなかった。

「一貫斎様とつい、話し込んでしまって」

咄嗟に嘘を吐いた数馬に、

「そんなことだろうと思っていました。夕餉もご一緒に?」

「はい。鉄炮会所でご馳走になりました」

空腹を感じるどころか、飯の匂いを嗅いだだけで吐きそうだった。

「なんだか、お疲れのご様子ですね」

「ええ、少々」

「早くお休みになって下さい。もう床も敷いてあります」

「そうさせていただきます」

渡りに舟で部屋へ向かった。一緒についてきた若狭に着替えを手伝ってもらい、寝床に入った。若狭が夜着をかけてくれた。

目を閉じるとすぐに、睡魔が襲ってきた。

眠りに落ちる前の、水の底に沈んでいくような感覚が訪れたときだった。

突然、瞼の裏に大崎が現れた。無数の鉄片に刻まれ、血肉を露にしたあの姿で。

「うわっ！」

思わず、悲鳴を上げて跳ね起きた。

「どうなさいました？」

部屋の隅で、着物の帯を解いていた若狭が、驚いて走り寄ってきた。そばにしゃがんで心配そうに顔を覗きこんだ若狭の手を、数馬はむんずと摑んだ。

なにをしようとしているのか、自分でもわからなかった。

わからないまま、若狭を寝床に押し倒した。

仰向けになった若狭の上に、覆い被さった。

「えっ？」

小さく声を上げた若狭の口を、己の口で塞いだ。

柔らかい唇をむさぼりつつ、若狭の着物の合わせを開いて、胸の膨らみを揉みしだいた。

いつになく乱暴な夫の振る舞いに、若狭は抗わなかった。身を任せたばかりか、数馬の背中に両手を廻してきた。

数馬は胸から股間へ掌を滑らせた。そこはまだ潤っていなかったが、両足の間に腰を割り込ませた。

強引に若狭の中に押し入った。

「うっ」

さすがに若狭が苦痛を訴えたが、構わず、腰を律動させた。

その動きが次第に滑らかになっていくに従い、若狭の呻きが切なげな喘ぎに変わった。

「あっ、ああっ……」

堪らず、数馬は精を放った。

果てると同時に、自分が恥ずかしくなった。

身体を離そうとすると、若狭が背中に廻していた手にそっと力を込め、

「もう少し、このままでいて」

と耳元で囁いた。

数馬は答える代わりに脱力した。汗で湿った肌と肌とを密着させた。

「はしたない女だと思わないで下さい」

若狭が消え入るような声でいった。

「そんなことは思っていません」

相手の気持ちを汲んでのことだけではない。若狭の柔肌と、そこから立ち上る甘い香りに、深い安らぎを覚えていた。

うっとりと目を閉じた。そうしても、大崎の幻影が蘇ってくることはなかった。

母の胸に抱かれた赤子のように、数馬は眠りに落ちた。

三

障子越しに差し込む陽光が、きらきらと輝いている。

それを数馬は、ぼんやりと眺めていた。頭の芯が痺れていて、なにも考えることができなかった。

「あっ！」

やっと寝過ごしたことに気づいた数馬は、慌てて夜着を払い除けた。

半身を起こしたところで、

――そうか、きょうは非番だった。

ほっと安堵したせいか、昨夜の狂態を思い出した。

若狭はもう寝床にはいなかったが、これから顔を合わせると思うと、なんとなく気まずかった。

あと少し寝床にいようと夜着をかき寄せたとき、庭先から、雀の啼声が聞こえてきた。

誘われるように寝床を離れた数馬は、部屋から直接、庭へ下りた。

――おおっ。

目を瞠ったのは、前回、見たときと庭の様子が変わっていたからだ。

緑の面積が増えていた。作物がすくすくと育ち、そのぶん、雑草もはびこっていた。

眠気覚ましも兼ねて、数馬は草毟りを始めた。

雑草を一本ずつ、丁寧に根まで引き抜いているうちに、ふと、変わり朝顔のことが頭を過ぎった。

――そろそろ、花が咲いているかもしれない。

庭の隅に目をやると、はたして緑の葉の重なりの中に、白っぽい花がひとつ、見え隠れしていた。

興味津々、畝伝いに歩み寄る。

初めて目にした変わり朝顔の花は、なんとも奇妙な形をしていた。大きさは普通の朝顔と変わらないが、花弁は筒状ではなく、ぱっくりと開いていた。

さらに奇妙なことに、花弁の中央に小さな丸い膨らみがある。

それも花の一部らしいが、

「うっ」

数馬は思わず呻いた。

外側の花弁は薄い桃色。内側の蕾は濡れたような赤。

あたかも人肌に血の花が咲いたかのような対比だった。かつて佐助と呼ばれていたときに見たことのある、銃弾がめり込んだ疵口と、あまりにもよく似ていた。

白昼、亡霊を見たかのように血の気が引いた。一歩、二歩と足がよろけた。

ずっだーん……

脳裏に幻聴が響くとともに、忌まわしい記憶が蘇ってきた。


雑草と葦が生い茂る姉川の河原に、突如、銃声が轟いた。

そのとき佐助は、川舟を繋いだ桟橋の上で、人を待っていた。相手はひとつ年上の野風という娘で村一番の器量良しだった。

母を早くに亡くし、父と四人の兄という男ばかりの環境で育ったせいか、野風は言葉使いが乱暴で気性も荒かった。それが玉に瑕だったが、野風にならば尻に敷かれてもいい、いや、あの尻にこそ敷かれたい。村の若者がこぞって懸想する存在だった。

その野風から付文を貰った。人のいない桟橋で、二人だけで会いたいと書かれていた。

指定された刻限より少し早く着いて、やがて現れる野風に心をときめかしていた。

そんなところへ、いきなりの発砲。

しかも銃弾に砕かれた川原石の破片が、頬を掠めたほどの至近弾だった。

それでも、狙い撃ちされたとは思わなかった。人がいるとは知らずに試射したものとしか。

国友村では過去にも同じことが起き、犠牲者も出ていた。ところが——。

銃声が消える寸前、舌打ち混じりの声が聞こえた。

「しまった」

殺意があって撃ったことは明らかだった。

——応戦しないと殺される。

佐助は脱兎のごとく駆け出した。十間あまり先の叢に潜んでいる敵を目掛けて。

数瞬で至った。蹲った男が、懸命に弾を込め直していた。

四半刻前まで雨が降っていた。男はその頃から待ち伏せしていたらしい。蓑と笠を身につけていた。

男が気配を察して顔を上げた。面体も手拭いで隠していた。

誰ともわからぬまま、佐助は体当たりして、男を跳ね飛ばした。

後ろ向きに倒れた男が、雑草の間から突き出していた川原石で背中を打った。

「むぐう」

と呻いたきり、動かなくなった。

男の正体を知ろうと手拭いに伸ばした、佐助の手が止まった。

火縄が燻(くすぶ)る臭いが風に乗って漂っていた。

——ほかにもいる……。

それらしい気配が二つ、眼前に広がる葦原の左右に感じ取れた。

さすがに距離までは摑めない。佐助は男の鉄炮を拾い上げた。見たことがある鉄炮のような気がしたが、確かめる暇はない。途中まで進んでいた弾込めを急いで続行した。

最初は手が震えていたが、すぐに落ち着いた。

周囲の気配を探るゆとりも生まれてきた。

装塡を終えると同時に、敵が動いた。挟撃するつもりか、示し合わせたように接近してくる。それが、がさごそと葦を搔(か)き分ける音でわかった。

敵が足を止めた。

余すところ、左側の敵が二十間、右側が三十間。

佐助は左手側の敵に筒先を向けた。膝立ちに鉄炮を構え、敵の位置を推測して狙いを定める。

人を撃つのは初めてだが、躊躇(ちゅうちょ)はなかった。一瞬の躊躇が死に繫がる、ぎりぎりの間合だった。

引き金を落とした瞬間、的中を確信した。

着弾する前に結果が見えることは、何度か経験している。そういう場合、外れたことはなかった。はたして、

「ぎゃあーっ」

と断末魔の悲鳴が上がった。

刹那、佐助は撃った敵のほうへ突進した。

まだ放たれていない鉄炮を回収し、もう一人の敵に対処しようと目論んでのことであったが……。

前方で銃声がするとともに、白煙が空に向かって噴き上がった。

敵が斃れる間際に引き金を落としたことは明らかだった。

身を翻して元の場所へ戻った。気絶している男の陰に腹ばいになり、次の装塡作業に取りかかった。

――いま襲われたら、ひとたまりもない。

そう思うと、全身に悪感が走った。

が、なぜか、敵は攻撃を仕掛けてこなかった。

不気味な沈黙に理由があるとすれば、互角の条件で戦っても佐助を仕留められるだけの腕と自信を、敵が持っているということしか考えられない。それはそれで、ぞっとし

た。

やっと作業が終わった。

頭を低くしたまま、男の背中越しに銃身を突き出した。

地面を手探りして、拳大の川原石を拾い、頃合を計って放り投げた。

敵の誤射を誘う策。うまくいけば、敵に無駄弾を撃たせられるはずだった。

ずっがぁーん

銃弾は放たれたが、誤射ではなかった。敵は佐助の策を見破っていた。もし『盾』がなければ、確実に命を絶たれていた。銃弾は気絶した男の脇腹に着弾し、佐助には届かなかった。

生唾を飲み込んで起き上がった。鉄炮を立ち放しに構える。

葦原の中を音が走っていた。佐助を仕留めそこなったと悟った敵が、逃走していた。

音を筒先で追う。

射気とでもいうべきものが体内に満ちると同時に、引き金に乗せた指が自然に動いた。

かつて織田信長（おだのぶなが）率いる織田・徳川（とくがわ）連合軍四万と、浅井長政（あさいながまさ）、朝倉景健（あさくらかげたけ）の三万が壮絶な死闘を繰り広げた姉川の河原に、きょう五発目となる銃声が鳴り響いた。

悲鳴はなかったが、敵がもんどりを打って倒れる音が聞こえた。

それきり音が絶える。耳に入るのは、さらさらという姉川の流れのみ――。

それでも安心はできない。まだ敵が残っていないとも限らない。

佐助は姿勢を低くして鉄炮に弾を込め直した。男の陰に隠れて様子を見た。

しばらく経っても、なにも起きなかった。

おそるおそる腰を浮かせたとき、盾にしていた男の横顔が目に留まった。顔を隠していた手拭いが、いつのまにか取れている。

「じ、陣八郎」

なんと親友だった。生まれた年も一緒なら、鉄炮鍛冶の家に育ったことも同じ。子供の頃から気が合い、いまでも三日と会わぬ日はなかった。

「おい、聞こえるか、しっかりしろ！」

反応はない。腹部に被弾した陣八郎が、すでに事切れていても不思議ではなかった。

それでも必死に呼びかける。身体を揺さぶり、頬を叩いた。

陣八郎がうっすらと目を開いた。

「おおっ！　気づいたか」

狙撃されたことも忘れて、佐助は声を弾ませた。

「ううっ、ううう……」

意識を取り戻した陣八郎が痛みに呻く。

「いま、手当てしてやる」

佐助は、陣八郎の蓑を毟りとった。真っ赤に染まった着物を裂き、右脇腹に開いた疵口を手で押さえた。

その手が、ぬるぬると滑るほどの激しい出血。

「そ、そんな……」

いつのまにか、陣八郎が呻きを発さなくなっていた。虚空を見つめた目から光が消えていた。

へなへなとその場に崩れた佐助が、背後に忍び寄る気配に気づく由もなかった。

固い物で背中を突かれ、はっと振り返ると、鉄炮を構えた男が見下ろしていた。

「……中里様」

四人いる国友村の年寄の中で、筆頭といっても過言ではない、中里家当主・兵太郎であった。

親友に襲われたことからして、わけがわからない。そこへさらに意外な人物が、敵として姿を現していた。

額にぴたりと筒先を押し付けられた。頭に霧がかかる。現実感が薄らぎ、白昼、悪夢を見ているとしか思えなくなった。

しかし、冷たい鉄の感触は夢でも幻でもない。本物だ。

――ここで俺も死ぬのか。

佐助は瞼を閉じ、最期の時を待った。

「実戦でも、お前が勝ち残ったな」

放たれたのは銃弾ではなく、謎めいた言葉だった。

――実戦？　勝ち残った？

思わず開いた目の端に、肩に大きな荷を担いで近づいてくる男の姿が入った。

見知らぬ男。中背で樽のように太り、野良着を纏っている。一見、農夫のようで、それにしては目付きが鋭すぎた。

「あっ！」

男が肩に担いでいたのは、人の死骸だった。二本の白い足がだらりと揺れていた。

すたすたと歩み寄ってきた男が、土嚢でも扱うように、佐助の前に死骸を落とした。

ぐにゃりと転がった死骸が、生きていれば取りえない不自然な姿勢で固まった。

「源ノ助さん」

佐助より二つ年上の先輩だった。面倒見がよい源ノ助は、佐助を含め、年下の者たちから慕われていた。

さらにもう一人、野良着姿の男が現れた。やはり見たことのない顔で、痩せ型で背が高かった。

この男も死骸を運んでいた。片手で足首を摑み、ずるずると曳き摺って。

——勇太郎か。

もはや顔を見なくともわかった。中里が放った言葉の意味に、すでに察しがついていた。

陣八郎、源ノ助、勇太郎。三人とも、二日前に開かれた射撃大会に参加していた。総勢五十を超える参加者中、最終戦まで勝ち残ったのが、佐助とこの三人だった。

結果は、佐助の優勝。勇太郎、源ノ助、陣八郎の順だった。

——あれは勇太郎だったのか。

最後に斃した敵。すぐに攻撃を仕掛けず、佐助に弾を込める暇を与え、互角の条件で決着をつけようとした敵。その敵に該当するのは、勇太郎しかいなかった。

勇太郎はそれまでの大会でも、常に佐助の後塵を拝してきた。今年こそはと意気込み、猛稽古を積んだ。僅かの差で敗れたときの悔しがりようは半端ではなかった。人目も憚らず、号泣した。

その勇太郎の死骸が、佐助の前に運ばれてきた。死んでなお、無念の表情を浮かべている。動かぬ瞳で佐助を睨んでいた。

勇太郎は逃走時に、後方が気になって振り返ったのだろう。額の中央に被弾していた。頭蓋に入った銃弾の圧力で、脳の一部が食み出し、丸い銃創を縁取るように盛り上がっていた。その惨たらしい疵口は、一瞬で脳裏に刻み込まれた。

「俺はなんということをしたんだ」

佐助は狂ったように、地面に拳を叩きつけた。

——いや、させられたんだ、こいつに……。

血が沸騰した。全身、怒りと殺意の炎で包まれた。

相手が村の重鎮であろうとなかろうと、そんなことは関係ない。

「お前のせいだ！」

佐助は血を吐くように叫んだ。鉄炮を払いのけ、この惨劇を引き起こした張本人に摑みかかった。

だが、中里には指一本、触れることができなかった。死骸を運んできた男——どちらかはわからない——に、襟首を摑んで引き戻された。

中里が振り上げた鉄炮で頭を一撃された。

目の前で無数の火花が散った。

痛みを感じる前に、意識が途絶えた——。


「まあ、綺麗に咲いたこと」

若狭の声で、数馬は我に返った。勇太郎が額に受けた弾痕を想起させる、変わり朝顔の花弁から視線を引き剝がし、やっとの思いで絞り出した。

「……ええ、綺麗、ですね」

「あといくつ、咲くのかしら？」

若狭の無邪気な問いかけが、ぐさりと胸に突き刺さる。

――俺はあといくつ、血の花を咲かせなければならないのか。

さんさんと日差しの降り注ぐ庭が、夕闇に包まれたように暗くなった。

苦し紛れに話の矛先を変えた。

「朝餉の支度が整ったのですか？」

「はい、旦那さま」

若狭が、いつもとは違う呼び方で答えた。

昨夜のことで、夫に対する心の垣根が低くなったらしい。『数馬さま』という、他人行儀なそれではなかった。

女の変わり身の早さには驚くしかないが、

「若狭」

数馬も呼び捨てにした。顔が火照るくらい照れ臭かったが、お陰で重い気分が一掃された。

「なんだか、腹が空いてきた」

「今朝は、なんだと思います？」

「さあ?」

「うふふ、内緒」

若狭が、指を絡めてきた。丹兵衛は、きょうも出仕している。家に二人しかいないことが、新妻を大胆にしていた。

数馬は若狭と手を繋ぎ、庭とは名ばかりの畑を横切って勝手口へ廻った。履物を脱いで框(かまち)に上がると、若狭がねだった。

「旦那さま、丹精を込めて、たくさん咲かせて下さいね」

黙ってうなずくしかなかった。

「楽しみだわ」

若狭がいそいそと台所へ向かった。数馬はすぐには動けなかった。脳裏にまざまざと、大崎の亡骸(なきがら)が蘇っていた。

四

「これから買い物に出かけますけど、良かったら旦那さまも、ご一緒なさいませんか?」

朝餉を終えたとき、若狭が誘ってきた。

「すみません、きょうも鉄炮会所に行く用事があって」

心苦しさを覚えつつ、数馬は嘘を吐いた。鉄炮会所に行こうとしているのは本当でも、用事があってのことではなかったのだ。

「風砲のことですか？」

「ええ、まあ」

「夢中になれるものがあって、良かったですね」

嫌味ではない。若狭は我がことのように喜んでいた。

さすがに気がとがめた数馬は、

「きょうは、そんなに遅くならないと思います」

「だったら、みんなで夕餉を囲めますね」

なんでもいいほうに受け取るのが、若狭の長所だった。

玄関先まで出て、若狭を見送った数馬は、仕事部屋へ行って墨を摩り始めた。子供にもできる単調な作業に没頭した。

墨を摩り終えると、文机の上に、半紙を繋ぎ合わせた大きな紙を拡げた。細い筆に墨を含ませ、横線を一本引く。それを皮切りに、縦横の線を描き加えていった。

半刻もかかって描き上げたのは、風砲の図面だった。記憶をなぞって模写したものだが、基にした一貫斎の図面とは、一箇所だけ異なっていた。口径を一匁五分にしていた。

さらに細々と寸法を記入して図面を仕上げると、数馬はじっくりと点検した。

定規を使わなかったので、線は歪み、太さも揃っていない。そういう意味では、略図に近いものだが、熟練の鉄炮鍛冶職人なら、風砲についての専門知識がなくとも、実物を張り立てられるだけの水準は満たしていた。

墨が乾くまでの間に、外出の支度をした。図面を折り畳んで懐に収め、役宅を出た。

昼前に鉄炮会所に着いた。

「一貫斎様はご在所ですか?」

顔見知りの門番に訊ねると、

「きょうはお出かけです。いつ戻られるかわかりません」

「そうですか」

数馬は心中、嘆息した。

約束もしていないのに鉄炮会所に押しかけたのは、どうしても一貫斎と会いたかったからだ。わざわざ図面を用意したのも、それを添えて面会を求めれば、多忙な一貫斎も時間を割いてくれると期待してのことだった。

数馬の改良案を、一貫斎がどう受け取るかはわからない。妥協を嫌う師に、叱られるかもしれない。たとえ罵倒されることになっても、一貫斎と同じ時を過ごせるならそれでいいと思っていた。

不在ではどうしようもない。

「書置きを残してきます」

門番に断って、鉄炮会所に立ち入った。一貫斎にあてがわれた部屋へ行き、そのへんに転がっていた反故(ほご)に、簡単に記した。

――風砲のことで提案があります　またの機会に　数馬
目に付きやすい文机の上に置いた。こうしておけば、せっかちな一貫斎は、明日にも呼び出しをかけてくるだろう。そのための布石であった。

すぐに帰途を辿った。

足早に歩いた。そうしないと、大崎の亡霊に追い縋(すが)られる気がした。

役宅に着くと、若狭が先に帰宅していた。

地獄で仏に会ったように、ほっとした。

数馬は縁側に腰を下ろして、書物を拡げていた。

字面を追ってはいない。包丁で俎板(まないた)を叩く、とことことという音に耳を澄ましていた。

忙しそうに立ち働く若狭の姿を思い浮かべることで、逃げていた。

そもそも若狭と夫婦になったのは、丹兵衛に婿として迎えたいと望まれたからである。

だが、それだけなら、こうなっていたかどうか。

婿養子の話が持ち込まれたのは、あの村祭りの射撃大会の十日ほど前のことだった。

数馬は、顔を見たこともない相手と結婚するのも、故郷を離れて江戸で暮らすのも嫌だった。そんな数馬の気持ちを汲んだ父・藤十郎も「気が進まないことは、しないほうがいい」といってくれたものだった。

もし、中里兵太郎という、幕府御用達（ごようたし）の鉄炮鍛冶集団を束ねる年寄としての顔のほかに、公儀の暗殺部隊『黒子党』と繋がる裏の顔を持つ男から、

「江戸へ行け。流山家へ入って侍になれ。そうせねば、家族の命はない」

そう脅迫されなければ、佐助が流山数馬になることは、まずなかっただろう。

ようするに黒子党は、丹兵衛の願いを、数馬を江戸へ引き出す足がかりとして利用したのだ。

あまりの時期の一致に、丹兵衛も黒子党の関係者かと疑ったこともある。だが、数馬が『実戦』でも勝ち残る保証はなかった。丹兵衛の背後で、黒子党が糸を引いていたとしたら、『実戦』を戦い抜いた者に、婿入り話が持ち込まれたはずだった。

数馬もそこは、たんなる偶然とみていた。

そのような経緯で無理矢理、夫婦にされたようなものだが、若狭は申し分のない妻だった。美貌もさることながら、性格も良かった。とくに、おっとりしているところが、

数馬には好ましく映った。

同じ屋根の下で暮らし、寝所を共にする日々を重ねたいまでは、若狭の姿を思い浮かべるだけで、心に安らぎを覚えるほどだった。

その安らぎにどっぷり浸ることで、数馬は大崎の亡霊から、気を逸らしていたのである。

と、ふいに――。

どたどたと廊下を踏み鳴らして、足音が近づいてきた。

「おお、婿どの、いたか」

廊下の向こうから現れたのは丹兵衛だった。

いつもなら、帰宅時に玄関から若狭を呼びつける丹兵衛にしては、珍しい。なにをそんなに慌てているのかと訝りつつ、腰を上げた。

「義父上、お帰りなさいませ」

「挨拶などどうでもよい。とにかくわしの話を聞け」

「は、はい」

数馬はその場に正座した。

「撃ち払いの話が、正式に決まったぞ」

丹兵衛が布袋様もかくやと笑み崩れた。

それはここ数日、気落ちしていた丹兵衛が、久しぶりに見せた笑顔だった。

火盗改の追捕に参加した数馬は、なぜか、手柄を柿畑に譲らされた。公式にもそう発表され、柿畑は金一封の褒美を授けられた。数馬はそれでよしとして、丹兵衛に事実を告げなかった。

それゆえ丹兵衛は、数馬の鉄炮方同心への抜擢話が立ち消えとなり、撃ち払いに参加することもなくなったと思い込んでいたのである。

「わしは、もう駄目かと諦めかけていたが、そうではなかった……」

よほど嬉しいのだろう。丹兵衛が、数馬の手を握り締め、双眸を潤ませた。

「よかったですね、義父上」

「なにを申しておる。なにより、婿どのにとっての吉報ではないか」

騒ぎを聞きつけた若狭が、前掛け姿でやってきた。

「お父さま、どうかなさいましたの？」

涙ぐんでいる丹兵衛に、目を丸くした。

ばつが悪くなったか、

「若狭、そこへ直れ！」

丹兵衛が、奇妙なことを口走った。

「えっ？」

「いや、そこへ座れ」

戸惑い顔で廊下に膝を揃えた若狭に、丹兵衛が撃ち払いの件を、滔々(とうとう)といって聞かせた。

「それはようございました、お父さま」

語尾の「お父さま」が余計だった。独り相撲をとっている気分になった丹兵衛が、眉を吊(つ)り上げた。

「夫婦揃って、まったくもってけしからぬ」

「そんなことはございません。私はもちろん、若狭も喜んでいます」

「ふんっ、怪しいものだ」

丹兵衛が、すっかり機嫌を損ねた。

「それはそうと、撃ち払いはいつと決まったのですか？」

数馬は、話を転じるために訊ねた。

「おお、そういえば、そのことをいい忘れておった」

丹兵衛が形をあらため、

「場所は秩父(ちちぶ)、明後日に出陣とあいなった」

厳かな口調で告げた。

大袈裟(おおげさ)な口上に笑いを押し殺した若狭へ、数馬はちらりと目配せを送り、

「身が引き締まる思いです」

と丹兵衛の目を見ていった。

「こんどこそ、手柄を挙げるのだぞ」

「はい、義父上。いろいろと、ご教授下さいませ」

「任せておけ」

丹兵衛が胸を叩いて請け負った。すっかり機嫌を直していた。

「若狭、きょうは婿どのと呑み交わすぞ。酒の支度をせい」

丹兵衛の一言で、夕餉は前祝の宴になった。

下戸の数馬は、杯に口をつけただけで勘弁してもらったが、丹兵衛は酔い潰れるまで呑み続けた。

数馬が、丹兵衛を抱きかかえて寝所へ運んだときには、五つ半（午後九時頃）になっていた。

「旦那さまも、お休みになって」

若狭に勧められたが、数馬は一人になるのが怖かった。若狭が後片付けを終えるのを待って、一緒に床についた。

その夜も、数馬は若狭を抱いた。

「親父（おやじ）、久しぶりだな」

辻番（つじばん）の前を通り過ぎようとした夜泣き蕎麦（そば）屋を、番人の若侍が呼び止めた。

「へえ、どうも」

初老の主が引いていた屋台を止めて、白髪交じりの頭を下げた。揉み手になったのは、若侍を客とみてのことだろう。

「あれこれ、大変だったらしいな？」

「ご心配いただいて、ありがとうございます。お陰さまで、すっかり良くなりました」

「うん？」

若侍が首を傾（かし）げた。

「いえ、それがドジな話で。食い物屋が腹を下して、十日も寝込んでしまいまして」

屋台の主が、恥ずかしそうに頭を掻いた。

「身を隠していたのではないのか？」

「はあ、いったいなんのことで」

主の顔をまじまじと見た若侍が、

「なんだ、ただの噂（うわさ）だったか」

さも詰まらなさそうに呟（つぶや）いた。

「手前どものことで、なにか噂に？」

「いや、留め立てして済まなかった。もう行っていいぞ」

「さようですか」

狐(きつね)につままれたような顔つきで、主が屋台を引いて夜の番町へ消えていった。

五

火盗改の追捕のときとは違い、参加者が多かった。

一行を率いる与力は諫早のみだが、田付家付きの鉄炮方二十名のうち九名が選抜され、そこに丹兵衛の代理として参加した数馬と、諫早の中間を加えての総勢、十二名だった。

一昨日の朝、江戸を出立(しゅったつ)した一行は、中仙道(なかせんどう)を使って、その日のうちに熊谷(くまがや)まで進んだ。そこで一泊したあと、秩父甲州(こうしゅう)往還に入り、妙見宮(みょうけんぐう)（秩父神社）の門前町として栄える大宮(おおみや)郷に至った。そして迎えた今朝、最終目的地である大滝(おおたき)村へ、残る道のりを消化していた。

撃ち払いの目的地が大滝村になった理由について、数馬は丹兵衛から、次のように聞かされていた。

武蔵国(むさしのくに)秩父郡は、開闢(かいびゃく)以来、関東郡代(ぐんだい)の伊奈(いな)氏が治める幕府の直轄地であったが、寛文三年（一六六三）、大滝村を除く荒川南岸地域が忍藩領とされた。大宮郷、横瀬、皆野、影森などの二十数ヶ村がそれらにあたり、また荒川の北岸地域も、大名や旗本に分け与えられた。ようするに、秩父郡における唯一の幕府の支配地として残ったのが大滝村であり、村役人から要請を受けた公儀が、鉄炮方を派遣することになったという。

大宮郷から大滝村までは、約四里（十五・七キロ）の行程である。秩父郡最大の大滝村には、秩父三社と総称される妙見宮、宝登山神社、三峯神社があり、一行の後先には、参拝客たちの姿が見受けられた。

伊賀袴に手甲、脚絆、陣笠を被り、鉄炮入れを肩に担いだ物々しい一行と、行楽気分の参拝客たちが同じ道を行くのは、なんとも、ちぐはぐな光景だった。

二刻ほどで村境を越えて大滝村へ入った。そのまま街道を進むうちに、左に折れる脇道が見えてきた。一行の前を歩く参拝客たちは、その脇道へと進んでいく。

「我々は、このまま真っ直ぐだ」

諫早が地図を見ながら指図した。五町ほど川沿いの道を辿ると、こんどは右へ折れる細道に差し掛かった。

「この道へ入るぞ」

諫早がいったとたん、どよめきが起きたのは険しい山道だったからだ。巾も大人がやっと通れるかどうかという狭さ。しかも鬱蒼とした茂みに覆われている。

「いいから、ついてこい」

諫早が先頭に立ち、一行は一列になって従った。

いくらと進まぬうちに、道がさらに細くなった。さすがに諫早も足を止めて地図を見直す。

「この道で間違いない。目指す集落まで、北へあと十町とある」

言葉とは裏腹に納得した風情はなく、

「そもそも、こんなところに田畑などあるのか？」

諫早があらためて首を捻った。

撃ち払いは田畑の作物を害獣から護るのを目的とする。山中の僻地に、対象となる土地があるとは、田舎育ちの数馬ですら思えなかった。

「先に行って確かめて参ります。大勢で向かって引き返すより、ましでしょう」

率先して申し出たのは、柿畑だった。

「うむ」

柿畑に向かってうなずいた諫早が、

「それだけのことなら、おぬしでなくともよかろう」

意味ありげに言葉を繋いだ。

「それがしが」

数馬は手を挙げた。積極的に雑用を引き受け、みなの心証を良くしろと、丹兵衛から言い付けられていた。

「うむ、おぬしに頼もう。わしらはここで待つ。そうだな、集落を見つけたら、鉄炮を撃って報せろ」

「承知しました」

数馬は一行と別れて先行した。

頭上を覆う木立はますます密度を増し、木漏れ日すら届かなくなった。落葉が降り積もった地面が柔らかいせいで、どこが道なのかもわからない。

それでも、ひたすら歩を進める。来た場所へ戻れるかどうかも不安になったとき、ふいに前方の視界が開けた。

集落が見えたわけではなかったが、

――あと一息だ！

数馬は己を励まし、足を急がせた。

その男は、小高い峰の上にいた。

そこから、住む者が絶えて久しい廃村を見下ろしていた。

もともと、猫の額のような盆地に数戸の農家が軒を寄せ合う寒村であった。往時と変わらないのは村の中央に聳え立つ銀杏の巨木のみで、朽ち果てた家屋は雑草の盛り上がりに、残滓を留めるばかりになっていた。

男は白髪の長髪を束ねた老人である。顎にも白い髭を蓄えていた。

ただし、老齢であることを示す外見上の特徴はそれくらいで、濃茶の袷と同色の軽衫袴という年寄り臭い装束を身に纏っていなければ、せいぜい四十代前半にしか見えない。

ぴんと伸びた背筋。がっしりと引き締まった六尺の長軀。赤銅色に焼けた張りのある肌。皺ひとつない彫りの深い顔。張り出した眼窩の底で炯々と光る瞳——いずれもが若々しさを保っていた。

身に纏った装束も、老人の姿が周囲の景観に見事に溶け込んでいることを考えると、あえて纏ったものかもしれない。

そんな憶測が成り立つのも、老人が鉄炮を構えていたからである。それも全長がゆうに六尺を超える異様なシロモノであった。

長大な鉄炮を、老人は立ち木の枝に載せて支え、廃村に姿を現した武士を、筒先を巡らせて追っていた。

吹く風はない。火縄の煙は真っ直ぐ上に昇っている。しかし老人が風上にいたとしても、火縄の匂いが武士まで届いたかどうかは疑問だった。

なんと老人は、五町の遠間から芥子粒のような的を狙っていた。

武士は、廃村の中央に聳え立つ銀杏の大木へと近づきつつあった。

「そろそろだな」

低く呟いた老人が、引き金を落とした。


突然、足元に転がっていた枯枝が、ばしっと砕け散った。

一拍遅れて届いた銃声で、数馬は狙撃されたことを悟った。

咄嗟に身を隠せる場所はひとつしかない。銀杏の大木を目指して駆けだした。

銃声がしたのとは反対側、太い幹の向かって右へ滑り込む。

「あっ！」

と思う間もなく、足首に縄が絡みついた。その縄に引かれて、身体が虚空に舞い上がった。

上昇はすぐに止まった。そのときには、天地が逆になっていた。手から離れた鉄炮の筒入れが、銀杏の根元へ吸い込まれるように落ちていく。

罠に掛かったのはわかったが、逃れる術はない。

吊り下げられた身体が激しく回転していた。眩暈と吐き気を堪えるのが精一杯で、縄を切ろうにも、脇差を抜くことすらできなかった。

いきなり落下が始まった。

地面が急激に迫ってくる。本能的に両手で頭を庇ったが、ほとんど意味はなかった。あとほんの数寸でも、高いところに吊るされていたら、命すら危うかっただろう。それほどの衝撃に、意識を保っていられるわけがなかった。

それからどれほどの時が過ぎたか——。

意識を取り戻した数馬は目を開いた。蠟燭の灯にごつごつとした岩肌が揺れていた。手足を縄で縛られ、仰向けに転がされていた。

首を巡らせると、洞窟の中だとわかった。石を囲んだ炉と、その上に置かれた鍋が見える。火の気はない。あとはさして広くもない洞窟の隅に、水甕が一つあるだけで、殺風景そのものだった。

がさごそという物音が、足元から聞こえていた。

音に顔を向けると、洞窟の出入口と思しき黒い穴から、見知らぬ老人が滲み出るように現れた。老人は、槍と見紛うような銃身の長い鉄炮を携えている。

——あれで撃たれたのか。それにしても長い筒だ。

慶長の頃、稲富一夢なる砲術家が、全長十尺の鉄炮を国友鍛冶に張り立てさせたことがあるという。それには及ばぬまでも、六尺超の筒は極めて珍しかった。これまで見てきた中では最も長い。こんなときにもかかわらず、目が釘付けになった。

「お前のほかに何人いる？」

老人に問われて我に返った数馬は、

「あなたはいったい誰ですか？　どうして私にこんなことを？」

「わしが誰か知らぬだと？　惚ける暇があったら、訊かれたことにさっさと答えろ」

「本当に、知りません。こんなことをされる謂れもありません」

数馬は真剣に訴えたが、老人は聞く耳を持とうともせず、

「どんな手を使ってでも吐かせる。楽に死ぬか、それとも苦しんでから死ぬか、好きなほうを選べ」

命を奪うことを前提に、選択を迫ってきた。

ただの脅しではない。感情のない平坦な口調に凄みがある。数馬は嘘を吐く気にもなれなかった。

「私のほかに十一人です」

「得物は？」

「一人を除いて、全員が鉄炮で武装しています」

その一人が中間であること、そして武装集団が公儀から派遣された鉄炮方であることもつけ加えたが、老人は顔色ひとつ変えなかった。

「そいつらはいま、どこにいる？」

「ここがどこかも知りませんが、あなたに撃たれた場所から十町ほど南です。それに……」

「それに、なんだ？」

「あの集落を見つけたら、鉄炮を放って報せることになっていました」

鉄炮を撃ったのは老人でも、銃声を聞きつけた諫早は数馬からの合図と受け取るはずだった。

「………」

「もうそろそろ、到着する頃だと思います」

まだ頭がずきずきしている。気絶したのは四半刻ほど前だろう。あの険しい山道でも、それだけあれば踏破できる。

そこまでいえば慌てるかと思ったが、

「くくっ」

老人は、忍び笑いを漏らしただけだった。

「なにが可笑しいのですか？」

「こんな日が来るのは覚悟していた。いまさら、じたばたする気はない。わしが嗤ったのは、お前のことだ」

「私をですか？」

「どう言い含められたかは知らぬが、お前はわしを燻りだすための囮に使われたのだ」

「公儀の撃ち払いです。あなたは誤解して――」

老人が言葉を被せてきた。

「無能と判断された黒子が、捨て駒にされるのを、わしは何度か見たことがある」

「えっ！」

数馬は、棒で頭を殴られたような衝撃を受けた。

「そこまでいっても、まだわからぬとは……。無能と思われるのも無理はないな」

「ちょっと、待って下さい。いま、黒子とおっしゃいましたよね？」

「いまさら、黒子とはなんのことだとまた惚ける気か」

「そうじゃなくて、私はたしかに黒子ですが、黒子が捨て駒にされたのを見たあなたも、そうなのですね？」

「そんなことも、党はお前に伝えてなかったのか」

老人が初めて感情を露にした。明らかに憤っていた。

――そういうことか。

数馬はようやく悟った。

「あなたは黒子党に、命を狙われているのですね」

老人が目顔でうなずき、目を薄く閉じて話しだした。

「……わしは刺客に向いていた。天職とすら思えた。だが、数も忘れるほど人殺しを重ねるうちに、わしの中でなにかが変わった。少しずつ、澱が溜まるように……。ある日を境に、自分がしてきたことが怖くなった。耐え切れなくなった。地の果てまで追われ、八つ裂きにされるとわかっていながら、党から逃げずにはいられなかった……」

「わかります、その気持ち」

「お前はまだ若い。そんなに数もこなしてはおらぬだろう。嫌になるのが早すぎたな」

「人を殺すのは、最初から嫌でした。半年前、黒子になったのも、そうしないと家族を皆殺しにすると脅されたからです。それでも、公儀のためにならない人物を排除するのは正しいことだ、村を困窮から救うこともできる。そう自分にいい聞かせて、党の命令に従い、三人の命を奪いました」

老人が目を見て問うてきた。

「失敗したことはないのか？」

「ありません」

「それが本当なら、お前を囮にしたのは、いささか妙な話だな」

「それについては、心当たりがあります」

数馬は大崎のことを老人に語った。聞き終わった老人が、頰を歪めて苦笑した。

「今回は見逃すといわれたのを真に受けるとは、とんだお人好しだな。黒子党は非情な組織だ。掟に触れた者を許すわけがない」

「そのようですね」

「ところで、鉄炮方を率いているのは誰だ？」

「諫早様と申されます」

「頭の禿げた男か？」

「ええ、そうですが……」

「一度、組んで仕事をしたことがある」

聞いた瞬間、血の気が引いた。

「名前は忘れていたが、あいつはたしか頭の側近だ」

「頭は誰なんですか？」

「わしも知らぬ。残念だが、話はここまでだ。取り囲まれるまで気づかぬとは、わしも焼きが回ったようだな」

老人が自嘲した。腰にぶら下げていた鉈を引き抜くと、

「畜生どもの手にかかるよりはましだろう」

いいながら、数馬ににじり寄ってきた。

第五章

一

計画では、数馬を餌に龍玄斎を誘い出し、黒子党の別働隊が始末することになっていた。

黒子党の総数は百名を超えるが、全員が暗殺者というわけではない。どんな組織にも、さまざまな役割をこなす専門の部署がある。黒子党も例外ではなく、暗殺任務を与えられているのは約三割、三十名ほどだった。

今回はその中でも精鋭の十人が選ばれ、龍玄斎といえども逃れようのない、鉄壁の布陣が敷かれていた。

諫早がわざわざ鉄炮方（てつぽうかた）を率いて来たのは、数馬を連れ出すための口実であり、万一、別働隊が龍玄斎を討ち漏らした場合の備えでもあった。

もちろん鉄炮方の同心たちは、撃ち払いに来たと信じている。いまも廃村のどこかにいるはずの数馬を、手分けして探していた。

——流山の亡骸が見られると期待したが……。

遠い銃声を耳にした諫早は、数馬が龍玄斎に撃ち殺されたと思った。喜び勇んでここまで来たが、期待したものは、まだ見つかっていなかった。

——まさか、奴が龍玄斎を返り討ちにしたのか。

一抹の不安が過ぎったとき、

「諫早様、こんなものを見つけました」

鉄炮の筒入れを抱えた柿畑が近づいてきた。「流山が持っていたものです」

「中身は?」

「入っております。撃った形跡もありません。あの銃声は、流山ではなかったということになります」

柿畑が怪訝そうに眉を寄せる。

とりあえず、数馬が龍玄斎を返り討ちにした線は消えた。

諫早は内心ほくそ笑みながら、

「どこにあった?」

「こちらです」

柿畑に案内されて、銀杏の木の下に向かった。もちろん死体はない。あればとっくに柿畑が見つけている。

血痕でも残っていないかと、諫早はさりげなく地面に目を落とした。それはなかったが、木の根元に、足を滑らせたような跡がついていた。

「この足跡は?」

「それがしのものではありません」

急に嫌な予感がこみ上げた。これという理由はない。強いていうなら、命の瀬戸際を何度も潜り抜けてきた黒子の勘だった。

諫早は大声で招集をかけた。ばらばらに散っていた鉄炮方が、一斉に駆けつけてきた。

「全員、集まれ!」

「弾を込めて、円陣を組め!」

訓練の一環と受け取った鉄炮方が、急いで装塡した。諫早をぐるりと取り巻き、鉄炮を全周に向けたまさにそのとき――。

複数の大砲を纏めて撃ったような凄まじい爆音が轟いた。

諫早にとっても想定を超える異常な事態だったが、

「うろたえるな!」

恐慌に陥りかけた同心らを一喝した。

「諫早様、あんなところに！」

同心の一人が指差したのは、小高い峰の上に、もくもくと立ち昇るきのこ雲。

「誰か来ます！」

注意を喚起した柿畑が、素早く鉄炮を向ける。筒先を辿ると、きのこ雲の真下、立ち木で覆われた斜面に、人影が見え隠れしていた。

その人影を照星に捉えた柿畑が、前を向いたまま口走った。

「流山です！」

諫早には識別できなかった。

だが、人並み外れた視力を持つ柿畑が見間違うはずがない。

——命冥加な奴。

諫早は、心中、嘆息した。

「流山を迎えに行ってもよろしいですか？」

柿畑が許可を求めてきた。

「いや、全員で向かおう。円陣を組んだまま走れ」

諫早は鉄炮方を盾にして移動した。

斜面が平地に変わったあたりで力尽きたか、数馬が地面にうつ伏せに倒れていた。後ろ手に縛られている。

ほかの同心たちが四方を警戒するなか、柿畑が数馬を抱き起こして脇差で縄を切った。

「おい、大丈夫か、なにがあった？」

柿畑が訊いたが、数馬は咳き込むばかりだった。

「誰か、水を」

同心の一人が栓を抜いて渡した水筒を、柿畑が数馬の口に宛った。

貪るように水を飲んだ数馬が、

「見知らぬ男に捕まり、洞窟に連れ込まれていました」

諫早は数馬の前にしゃがんで問い質した。

「どんな男だ？」

「白髪の老人で、背丈は六尺ほど。彫りの深い顔で目付きは鋭く、年寄りとは思えないほど矍鑠としていました」

龍玄斎と顔を会わせたのは、十年ほど前だ。当時、龍玄斎は五十歳前後で、白髪ではなかったが、風貌は一致している。

「名は訊かなかったのか？」

「訊いても答えてくれませんでした」

「男がおぬしを捕えた理由は？」

「それもわかりません。とにかく老人は洞窟に身を隠していたようです。みなさんが近くにいることを私から聞き出すと、追い詰められたと勘違いしたか、観念したように洞窟の中にあった火薬に火を放ちました」

「さっきの爆発は、自爆だったのか?」

「ほかには考えようがありません」

「お前が助かったくらいだ。男も生きているのでは?」

「火薬に火が廻る前に逃げたので、見届けていません。ですが、私が洞窟から出てすぐ爆発が起きました。助かったとはとても……」

そこまで聞いた諫早は柿畑に命じた。

「何人か連れて確かめて来い」

「はっ!」

応じた柿畑が、五人の同輩とともに、黒い煙を目当てに斜面を駆け上がっていった。

諫早は聞き取りを再開したが、数馬から目ぼしい情報を聞き出すことはできなかった。

諫早から解放された数馬は、鉄炮方の輪に囲まれたまま、へたり込んでいた。

虚脱していたのは、命からがらの体験を経たからではない。もうなにもかも、どうでも良くなっていた。

もはや鉄炮方も信じられない。諫早以外にも黒子が潜んでいる公算が高い。いつ毒牙に襲われるか、わかったものではない。いっそひとおもいに、老人に殺されていたほうが良かったとすら感じていた。

あのとき、鉈を抜いて迫ってきた老人は、間際になって躊躇し、

「なんとかして、生き延びろ」

いいながら数馬の足を縛った縄を切った。

足が痺れてなかなか立てなかった。その間に老人は長大な鉄炮から、まだ燃えていた火縄を引き抜いた。火縄の端を水甕に突っ込んでから、数馬をけしかけた。

「急げ、もうじき爆発するぞ」

水甕に入っていたのは火薬だった。火薬は密閉されていないと爆発は起きないが、なんらかの工夫が施されているのだろう。数馬は老人の言葉を信じ、

「一緒に逃げましょう」

と持ちかけた。

だが、老人は首を横に振った。全身に、死を決した者が見せる特有の諦観を色濃く漂わせていた。

数馬を救う気になったのも、己が命を諦めたことで、にわかに憐憫の情が湧いたとしか思えなかった。説得しても、通じそうもなかった。

無我夢中で洞窟を抜け出した。外気に触れた瞬間、突き上げるような悦びを覚えたが、

それも長くは続かなかった。

老人が口にした通り、洞窟は包囲されていた。はっきり姿を見たのは三人で、鉄炮方ではなく、弓矢を構えた黒子だった。

足が竦みそうになったが、爆発が迫っていた。殺し屋に背中を晒して走った。

いつ矢が飛んでくるかわからない。恐怖で足がもつれて転んでしまった。

それが、不幸中の幸いになった。

爆音が轟き、地面が揺れた。燃える風が身体の上を通り過ぎていった。

紅蓮の炎に包まれて踊る火達磨を、ちらりと見たような気がするが、たしかではない。

我に返ったときには、目の前に柿畑の顔があった。黒子かもしれない男の顔が――。

「諫早様」

柿畑たちが戻ってきた。

「どうだった？」

「洞窟の上にあった岩が崩れて、中へは入れませんでした。人手をかけて掘り起こすとしても、何日もかかりそうです」

「もういい。どうせ生きてはおるまい。それにしてもなにを考えて、こんな山中で爆死したのか、そこがどうも解せないな」

諫早の正体を知ったいま、その台詞は数馬の耳に白々しく響いた。

「とにかく、きょうはもう、引き揚げるしかあるまい」

諫早が断を下した。一行が荷物を担いで歩きだす。数馬も従った。

集落を抜ける手前で、洞窟のある方角を振り向くと、赤みが差し始めた空に、うっすらと黒煙がたなびいていた。

それが、老人を焼く荼毘（だび）の煙に見える。

――いつか自分も、ああなるのか。

天へ昇っていく一筋の煙に、己の末路が重なった。

ふいに、思いが込み上げてきた。

――最後に、ひと目でいいから、若狭に会いたい。


一行が向かったのは、大滝村の庄屋の家だった。

寝る前に、諫早が全員を集めた。

「撃ち払いは中止することに決めた。明日の朝、江戸へ向けて出立する」

同心たちの間に、どよめきが起きた。諫早がさらに通達を重ねた。

「今回起きたことについては一切、他言無用。予定が繰り上げになったのも、思ったほどの被害が出ていなかったので、引き返したということにしておけ」

乱暴としかいいようのない下達にもかかわらず、質問はおろか、異議を挟む者もいなかった。数馬も、老人の死を含めて一切が、闇に葬られるだろうと、思っただけだった。

その夜は大部屋で雑魚寝した。

衆人に囲まれていても安眠はできない。数馬は警戒を解かなかった。

それでも気がつくと、うつらうつらしていた。

浅い眠りを繰り返したせいか、何度か夢を見た。

毎回同じ、家の縁側で若狭とお茶を飲んでいる場面の繰り返しだった。

なぜか、湯飲みは一つしかない。

夢の中の数馬は、若狭と代わる代わるその湯飲みに口をつけていた。幸せそうに微笑みながら……。

二

「お帰りなさいませ」

玄関先に出迎えに現れた若狭が、数馬をひと目見て立ち竦んだ。

幽霊でも見たような顔になったのも無理はない。自分でもわかるほど、げっそりやつれていた。

睡眠不足はいうまでもなく、緊張と不安で食事も喉を通らなかった。無理やり押し込んでも、あとで必ず吐き気が込み上げた。そのたびに厠に走ったが、独りになるのが怖くてたまらなかった。

そんな地獄の三日間を、なんとか乗り切っていた。

「大変だったようですね」

若狭が案じ顔で続けた。

「ええ、まあ。ところで義父上は？」

「もうお休みになりました」

撃ち払いのことを、あれこれ聞かれるのが煩わしかった。それを聞いて、ほっとした。

数馬は玄関に腰を下ろして草鞋の紐を解き始めた。

「濯ぎの支度をしてきます」

若狭が奥へと走った。

ふいに、睡魔が襲ってきた。家へ帰っても、安心できないとわかっていたが、瞼が閉じるのを止められなかった。

それでも頭を振って眠気を払った。自分ではそうしたつもりだったが……。

「えっ？」

目を開けると、雨戸の隙間から日光が差し込んでいた。いつのまにか、夜が明けていた。

騙されたような気分だった。が、一瞬と感じたほど熟睡したせいか、溜まりに溜まっていた疲れが取れ、身体が軽くなっていた。頭もすっきりしている。

数馬は起き上がって雨戸を引いた。そのとき初めて、着衣が昨日と同じであることに気づいた。いまいる部屋も、役宅の玄関脇にある四畳半だった。

――玄関で眠りこけた俺を、若狭がここまで運んでくれたのか。

女の力では、さぞかし大変だっただろう。そう思うと、申し訳なくもあり、嬉しくもあった。

若狭に会いたい一心で帰ってきたのに、昨夜は会話も満足に交わしていない。無性に顔が見たくなった。

朝四つ頃だということは、日の高さでわかっていた。若狭がいそうな台所へ向かった。だが、若狭はいなかった。居間と茶の間も覗いたが、そこにも……。

――まさか。

急に厭な予感を覚えた。大崎を暗殺しに、家へ行ったときのことが頭をよぎった。あの夜、黒子党は手を廻して、大崎の妻を家から遠ざけていた。

――あれと同じことが起きているのでは？　いや、きっとそうに違いない。党は俺を独りにして……殺すつもりだ。

数馬は、仕事部屋へ走った。小机の上に乗って天井板をずらし、天井裏に隠してあった縦横一尺、高さ三寸ほどの桐の箱を引っ張り出した。

小机から降りて箱を床に置く。もどかしく蓋を外し、箱の中に収めていた、全長六寸の短筒と、湿気を防ぐために油紙で包んだ弾薬類を取り出した。

装塡を始めたとき、玄関の戸を引く音がした。鼓動が一気に跳ね上がり、身体が、ががたがたと震えだした。

早合の紙蓋を剝がしていた手元が狂ってしまい、火薬と弾丸が床に零れ落ちた。

「旦那さま、どこにいらっしゃるの？」

若狭の声が聞こえなければ、その場で卒倒したかもしれなかった。

数馬は慌てて、短筒や桐の箱を小机の下に押し込んだ。

小机に向かって座ったとたん、

「あら、こんなところにいらしたの」

風呂敷包みを抱えた若狭が顔を出した。天井板がずれていることには気づかず、

「撃ち払いから戻ったあとは、二日の休みが貰えるとお父さまから聞きました。それで起こさなかったのに、もうお仕事ですか」

と呆れたように言った。

「いえ、ちょっと、片づけをしていただけです」

数馬は照れ笑いを作って応じた。

「そうそう、旦那さまがいつ目を醒まされてもいいように、お握りを台所の水屋に入れておきましたけど……」

「気がつきませんでした」

「せっかくですから、味噌汁も温め直しますね」

「それは、ありがたい」

若狭が踵を返し、いそいそと台所へ向かった。

数馬は、短筒と弾薬を箱に収めて天井裏へ放り込んだ。天井板を元に戻してから仕事部屋を出た。

そのときになってもまだ、胸の動悸は治まっていなかった。


「義父上は、さぞかし、気にかけておられたのでしょうね」

数馬は握り飯を頬張りながら訊ねた。

「ええ、とっても。旦那さまが出かけられてからというもの、毎朝、お母さまの位牌に手を合わせておられました」

丹兵衛は、数馬が手柄を挙げられるよう、亡妻にまで頼み込んでいたらしい。

複雑な思いになった数馬は、胸の内で溜息を吐いた。

「それもあって、今朝はいつもより早く、お城に向かわれました」

数馬の口から首尾を聞き出す機会がなかったので、丹兵衛は出仕を急いだということだった。

「いまごろは、がっかりされていることでしょう」

「そうなのですか？」

「ええ、というのも……」

数馬は、撃ち払いが中止になったという、例の作り話を若狭に伝えた。

若狭がくすりと笑い、

「それでは、お父さまも、文句のつけようがありませんね」

「手柄を挙げようにも、獲物がいなくてはどうにもなりませんからね」

数馬が苦笑してみせると、

「いけない、忘れてました」

若狭が、ぺろりと舌を出した。「一昨日、一貫斎さまから文が届いてました」

先日の数馬の書置きへの返事らしい。思ったよりも遅かったのは、一貫斎が多忙だったせいだろう。

「仕事部屋の机の引き出しに入れておきましたけど、取ってきましょうか？」

「お願いします」

ほどなく若狭が文を手に戻ってきた。

受け取ろうとして、指に飯粒が付いていることに気づいた数馬は、

「読んで下さい」

と若狭に頼んだ。

「明日、午後、一貫斎」

数馬が残した書置きに負けず劣らずの短文だった。

文で指定された期日は、昨日ということになる。

「一日遅れでしたね」

若狭が、自分のことのように残念がった。

「またそのうち、お呼びがかかるでしょう」

数馬は軽く受け流した。場を取り繕ったわけではない。一貫斎と会い損ねたことを、むしろ幸いと感じていた。

数馬は江戸への復路、死の恐怖に怯える一方で、黒子党の魔手を逃れる方法を必死で考えた。

そして辿り着いた答えが風砲だった。

あらゆる鉄炮の中で、風砲ほど暗殺に適したものはない。風船を潰した程度の銃声しか発さないことはもちろん、軽量であることも大きな利点となる。

また、存在自体が知られていないので、暗殺に使用しても、武器が特定されることも

ない。

風砲さえあれば、いかに裏切り者を許さない黒子党でも、翻意するに違いない。少なくとも、その可能性はある。

ようするに数馬は、前代未聞の武器を操る暗殺者となることで、命を繋ごうとしていた。

それでも駄目なら、江戸を離れて身を隠そうと思い定めていた。

用途が用途だけに、風砲の製造は秘密裏に進めなくてはならない。命が掛かっているとはいえ、それは一貫斎への裏切り行為にほかならなかった。

一貫斎の恩に背くのは、身悶えするほど心苦しかった。

それゆえ、会いたくなかったのだ。書置きを残したことさえ、後悔していた。

そんな数馬にとって、いずれ一貫斎が、独自の風砲を世に送り出すことが唯一の慰めだった。

一年後になるか、二年後になるか——発表される時期が遅ければ遅いほど数馬にとってはありがたいが、とにかくその風砲こそが、国産初の風砲と認められる。

一貫斎は世間から賞賛を浴び、風砲の売買で多大な収益を得ることもできる……。

食事を終えた数馬は、ひと眠りしてから近所の湯屋に行った。

その日の口開けの客となった数馬は、大きな湯船を独り占めにして、身体がふやけるまで湯に浸かり、ひたすら考えに耽った。

黒子党の頭に風砲のことを伝える手段と、風砲をさらに暗殺に適した武器にするための改良点を模索した。

三

翌々日の朝――。

いつもより早く役宅を出た数馬は、同じ町内にある諫早家の門前に佇んでいた。

待つことしばし、中間を伴って門から出てきた諫早に、

「おはようございます」

と声をかけた。

諫早が立ち止まり、不機嫌な顔で、

「朝っぱらから、なんの用だ？」

「じつは折り入って、お願いしたいことが」

数馬がそう切り出すと、面倒臭そうに舌を鳴らした諫早が、

「この者と話がある。お前はその先で待っていろ」

顎をしゃくって中間に命じた。

「承知しました」

中間が足早に離れていった。

数馬は懐から封書を取り出した。

「これを、お頭に渡して下さい」

「田付様にならば、自分で渡せ」

諫早が、封書を手で払い除けた。

「いえ、党のお頭に」

諫早が一瞬、顳顬をぴくりとさせ、

「党？　頭？　いったいなんのことだ？」

ちょうどそこへ、城へ向かう武家の一団が近づいてきていた。

「大きな声で、ちゃんと説明しましょうか」

数馬は聞こえよがしにいった。

諫早の出仕時を狙ったのも、こういう状況を計算した上でのことだった。

さすがに観念したか、

「貴様、俺の正体によく気づいたな」

諫早が小声で耳打ちした。

「あそこまでされたら、誰でも気づきますよ」

数馬は言葉に皮肉をこめた。

「……で、それはなんだ？」

「党にとって、またとない提案をまとめたものです」

「………」

「お頭に渡す前に、諫早様が目を通されても結構です」

数馬が付け加えると、

「預かるだけは預っておこう」

諫早が封書を毟(むし)り取った。

「よろしくお願いします。では、私は鉄炮蔵へ参ります」

数馬は会釈して、諫早より先に歩きだした。

撃ち払いへの参加を機に、数馬が鉄炮方に転属されることはなかった。そのことは丹兵衛を介して、田付から通達された。

その際、丹兵衛が、

「田付様から伺ったが、今回の撃ち払いは、ぱっとしなかったようだな」

ともいったことから、現地での被害が思ったほどではなかったので、予定を切り上げて帰着したという例の作り話が、公式の『事実』とされたのがわかった。

老人が自爆死したあれほどの事件――黒子党の内部抗争を、諫早はまんまと揉(も)み消していた。

その諫早の視線が、背中に突き刺さっている。

大崎のことで諫早の怨みを買ったことも、すでに気づいていた。殺気のこもった視線に耐えられなくなった数馬は、四つ角を折れて道を変えた。

諫早の視線から逃れても、胸を締めつける不安は消えなかった。

諫早に封書を託すという最初の関門は潜ったものの、次の関門が待っている。

黒子党の頭まで文が届く保証はない。諫早に握り潰されたら、それまでだ。運よく、二つ目の関門も潜れたとしても、まだ最後の関門が残っていた。

はたして黒子党の頭が、風砲の価値を認めるか否か、である。

諫早に託した封書には、素人でもわかるように、風砲の利点をわかりやすく解説した文書と、一貫斎に見せるつもりで引いた図面を同封していた。

だが、それで伝わるかどうかは、自信がなかった。

ともすれば、紙鉄炮の類と思われてしまうのが、風砲の泣き所だ。

「こんな玩具で人が殺せるものか」

黒子党の頭にそう判断されたら、この命は露と消えてしまう。

数馬はまさに『人事を尽くして天命を待つ』心境になっていた。

まわり道をしたせいで、鉄炮蔵に着いたのは、定刻ぎりぎりだった。

鉄炮方の撃ち払いが不発に終わったことは、その日、鉄炮蔵に派遣された十人近い同輩の、すでに知るところとなっていたらしく、久しぶりに鉄炮蔵に現れた数馬に、撃ち払いのことを訊ねてくる者は、誰もいなかった。

諫早が、ここまで手を廻したとしか、考えられない。その周到さに、数馬は敬意すら覚えた。

だが、能吏である諫早も、黒子党では手駒のひとつにすぎない。

数馬はあらためて黒子党の組織力の凄さに、戦慄を覚えずにはいられなかった。

さらに黒子党が巣食う、公儀の闇の深さにいたっては、当て嵌める言葉すら思いつかなかった。

針の筵に座るより辛い日々が続くことを覚悟していたが、黒子党の反応は意外なほど早かった。

その日の仕事を終えた数馬が、役宅への帰途を辿っていたときだった。

「振り向くな、そのまま歩け」

いきなり、背後から声を浴びせられた。

声の主は、気配を感じさせることもなく、数馬の影を踏むような近間に忍び寄っていた。

思わず、足が止まりそうになったが、数馬はなんとか前を向いて歩き続けた。膝がうまく曲がらず、ぎくしゃくとした歩みになった。

「その先を右に曲がれ」

命じられるがままに、人気のない路地に入ると、十間ほど先に黒塗りの小ぶりな駕籠(かご)が、ぽつんと置かれていた。

武者駕籠のようだが家紋はなく、担ぎ手の姿も見当たらなかった。怯(おび)え切った数馬には、黒い棺桶(かんおけ)にしか見えなかった。

「乗れ」

その場から逃げだしたい衝動にかられたが、そんなことをすれば、却(かえ)って窮地に陥るだけだ。数馬は大刀を鞘(さや)ごと抜いて、駕籠に乗り込んだ。

駕籠の戸が、ぴしゃりと閉じられた。

特別に誂(あつら)えた駕籠なのか、明かり取りがなかった。数馬は暗黒に包まれた。

どこからともなく、担ぎ手が現れたのが足音でわかった。

ほどなく駕籠が地面を離れた。宙に浮いた闇が、移動し始めた。

試しに、駕籠の戸を手探りで引いてみた。釘(くぎ)を打ち付けたように、びくともせず、——このままどこかへ連れ去られ、そこで殺されるのか。

逆に、不安が募った。

無限の時に感じられたが、実際は四半刻ほどのことだろう。

ふいに、駕籠が止まった。

ややあって、駕籠の戸が開かれると、あたりは薄暗くなっていた。河原にいた。かなたに対岸の高い土手と、川面(かわも)を急ぐ数艘(そう)の小舟が見えていた。

大川のようだが、大川のどのあたりなのか、数馬にはわからなかった。

「刀を置いて、駕籠を降りろ」

数馬は、大小を残して駕籠の外へ出た。

このとき初めて目にした男は、中間の身形(みなり)に黒子の被り物をしていた。

それだけでもぎょっとしたが、二人の担ぎ手も同じく、被り物をして立っていた。

駕籠の周囲は背の高い葦(あし)で覆われ、見渡す限り、閑散としている。

人を殺すには、まさにうってつけの場所。

——死骸も川に流せば、簡単に処理できる……。

数馬が絶望に打ちのめされたとき、

「お頭が、あの船でお待ちだ」

男が川岸を指差した。

葦に隠れていたので気づかなかったが、障子を立て回した日除船(ひよけぶね)（屋根船）が停泊していた。

数馬は思わず、安堵の溜息を吐いた。

「ほかにも武器がないか、検めさせてもらう」

男が着衣の上から身体を弄った。数馬がなにも携行していないと確認すると、先に立って歩き出した。

背後から男を見た数馬は、以前にも会ったことがあるような気がした。

そう思って見直すと、大崎の暗殺を指示されたとき、狭い路地ですれ違い様に懐に四つ折にした半紙を放り込んでいった男と、背格好がよく似ていた。

日除船の手前で足を止めた男が、障子の向こうへ声をかけた。

「流山を連れて参りました」

「うむ」

と、返事があった。

「ここからは、独りで行け」

男に促された数馬は、舳先から日除船に乗り込んだ。障子の前に、片膝をついて畏まった。

「構わぬ。中へ入れ」

これまでに二度、耳にしたことのある声に従い、障子戸を引いて中へ入ると、艫側に頭巾を被った武家が脇息に凭れて座っていた。

「そこへ座れ」

数馬は頭の前で平伏し、面会に応じてくれた礼を述べようとしたが、

「風砲のことだが……」

頭が、さっそくのように切り出した。

「はっ」

数馬は平伏したまま、頭が続けるのを待った。

「……こんな物で、本当に人が殺せるのか？」

問われた瞬間、意識が遠のきそうになった。

——いや、諦めるのはまだ早い。頭は、少なくとも風砲に興味を持っている。そうでなければ、わざわざ面会するはずがない。鶏の首を捻（ひね）るように、とっくに殺されていたはずだった。

——ここが正念場だ。

数馬は面（おもて）を上げ、頭巾から覗かせた頭の目を見て、

「もちろん、殺せます」

きっぱりと断言した。すると頭が、

「五分玉で、人が殺せるとはとても思えぬが」

からかうような口調でいった。

五分玉の使用は、風砲をより暗殺に適した武器に高めるために考え抜いた末に、辿り着いた結論だった。

あえて選んだ理由についても、文書で触れていたが、うまく伝わらなかったらしい。

そう思った数馬は、口頭で説明を始めた。

「弾の大小より、肝心なのは貫通力です――」

「そんなことはわかっておる」

途中で遮った頭が、

「風砲そのものが非力では、軽い弾を使ったところで、大した違いはあるまい」

そこを鋭く追及してきた。

数馬が考案した風砲は、全体の大きさが献上風砲の半分しかなかった。小型・軽量化して携行性を持たせ、分解すれば懐に忍ばせることも可能な反面、弾を射出する力も半減していた。

数馬は致命的な欠点を隠し、風砲の長所のみを書き連ねていた。

不完全な提案をしてでも、とりあえず命を先に延ばしたかったのだ。

頭にはそこまで読み取れないと、高を括っていたともいえるだろう。

さすがに焦った数馬は、とりあえず言葉を繋いだ。

「たしかに、非力な風砲で軽い弾を撃っても、貫通力は得られず、人を死に至らせることはできません……」

　こういう展開になることも、まったく予想しなかったわけではない。

　数馬は封書を諫早に託したあとも考え続け、ここへ来るまでの駕籠の中で、やっと思いついたことが、ひとつあった。

　ただ、そんな付け焼き刃で、この頭を納得させられるかどうか……。

「そこまでわかっていながら、わしに風砲を造るよう薦めたのか」

　声を荒らげた頭に、

「五分玉ではありますが、ただの弾ではありません。全体を細長くし、さらに先端を尖らせます」

「…………？」

「だいたい、これくらいになろうかと」

　数馬が指で示した幅は、現在の単位で三ミリほどだった。通常、五分玉の径は約六・七ミリなので、半分足らずということになる。

「ふーむ」

　頭が唸った。

「できれば、もっと細くしたいと考えています」

　数馬は畳み込むように続けた。

「針でも飛ばす気か？」

「まさに針のような弾が理想です。細くすればするほど、貫通力が増しますので」

銃弾の形状を変えることを思いついたのは、一貫斎のお陰といえた。空気が銃弾の飛行を妨げる壁になるなら、逆に空気の抵抗を減らせば、弾速は速くなり、より遠くへ飛ばせる――はずだった。

あくまで理論上のことで、実際に試したわけではない。机上の空論で終わってしまう可能性も大いにあった。

「ようするに、針でも急所に刺されば、相手は死ぬということか？」

「その通りです。私が考案した銃弾なら、着物の上から心の臓を貫けます」

「面白いとは思うが……」

「前例がないだけに、そう思われるのも、ごもっともですが、実物をご覧になれば、納得されると思います」

頭の迷いを先読みして答えたつもりが、

「わしがいいたいのは、そんなことではない。銃弾の形状を変えただけでは、まだ足りぬということだ」

「足りない？」

「急所を外しても、致命傷を与えられるくらいでないと、暗殺に用いる意味などない」

「必ず、当ててみせます」

頭が黙って首を振った。

――もはや、これまでか……。

気力が尽き果てた。

葦原を渡る風音が、人の啜り泣きに聞こえてきた。

「……張り立てるのに、どれくらいかかる？」

「風砲を、ですか？」

あまりの意外さに、問い返した声は裏返っていた。

「ほかになにがある？」

「……み、三月下さい」

「駄目だ、来月中に完成させろ」

頭が切った期限は四月の末、それまで残された期間は一月と数日。

「国友村へ行き来するだけで、それくらいはかかってしまいます」

父や兄を巻き込むのは気が進まないが、風砲造りに専念できる場所は、実家しかなかった。

「国友村へ行くまでもない。どんな武器でも造れる鍛冶場が江戸にある。お前の前任者たちも、そこで鉄炮を張り立てていた」

なんと黒子党は、武器を密造する施設まで保有しているらしい。

「江戸で張り立てるとしても、役目の片手間では、二月(ふたつき)は掛かります」

「仕事は休まず、期日までに完成させろ」

火縄銃なら数日もあればじゅうぶんだが、数馬にとっても風砲は、未知への挑戦だった。

設計した図面通りに造るだけでも、期日までかかってしまうだろう。予期せぬ不具合が出たら、手直しに要する時間がない。

無理難題としか、いいようがなかった。

「…………」

返す言葉を失った数馬に、

「わしが風砲を造らせる気になったのは、次の任務に向いているからだ。間に合わせることができぬなら、風砲もお前も要らぬ」

「せめて、職人を使うことをお許し下さい」

「いいだろう。こちらで手配する」

「鉄炮鍛冶なら、誰でもいいというものではありません。国友流の鉄炮造りに精通した職人でなければ……」

「中里兵太郎の手飼いの職人なら、問題はあるまい」

文句のつけようがなかった。

「承知しました。なんとかやってみます」

風砲の完成が遅れた場合でも、四月末までの命は保証される。

「明日にも、鍛冶場へ案内させる。道具と材料はひと通り揃っているが、ほかにも必要なものがあれば、それまでに書き出しておけ」

「はい」

話が決まった。もうこんなところにいたくなかった。

腰をそわそわさせる数馬に、

「知りたくないのか？」

「なにをでございますか？」

「次の任務のことだ。誰を、いかなる理由で殺すのか」

「考えもしませんでした」

嘘（うそ）ではない。興味もなかった。

「やっと、腹を括ったようだな」

「そうかもしれません」

「お前なら、いずれ気づくだろう。綾瀬と向井原、そして次に消す相手も、すべてこれから行われる公儀の貨幣改鋳と関係している」

頭が自ら秘事を明かしたことに、数馬は戸惑った。

「改鋳を行うのはむろん、国を益するためだが、そのお零(こぼ)れに与(あずか)り、己の懐を潤そうとする不遜な輩(やから)が、どうしても出てくる。甘い蜜に蟻(あり)がたかるように、な」

「…………」

「綾瀬は向井原の手先として働いた。その向井原の背後に黒幕がいる」

次に抹殺する相手が、その黒幕だと察しがついた。

「黒子党が存在する意義が、どのようなものであるか、これでわかったであろう」

「はい」

終了を告げるように、頭が手を振った。

「失礼します」

数馬は日除船を降りた。

船のそばには誰もいなかった。駕籠も運び去られていた。

駕籠が止めてあった場所に転がっていた大小を拾い上げ、数馬は歩きだした。

土手の小道を登る途中で振り向くと、日除船が岸を離れていた。

数馬をここまで連れてきた男が、棹(さお)を操っていた。

四

——またここへ、戻ってしまった。

同じ武家屋敷の門を見るのは、これで三度目だ。門といっても、黒の濃淡でかろうじて識別できる輪郭でしかなかったが。

数馬は夜道で迷っていた。

駕籠で連れて行かれたのが、大川の浜町(はまちょう)寄りの河原だったことは、土手を越えたあとで会った人から聞いていた。

そこから新富町(しんとみちょう)を通り抜けて麻布方面を目指しているうちに、袋小路に入ってしまい、出られなくなったという次第だった。

悪いことに、あたりは武家屋敷が建ち並ぶ一帯で、まだ宵の口だというのに、人通りがぱったりと絶えていた。曇った夜空に月も星もなく、方角すらわからない。

思いあぐねた数馬は、その門を叩いてみる気になった。

ふと、人の気配を感じた。

耳を澄ませたが、足音は聞こえない。提灯(ちょうちん)の明かりも見えなかった。

——勘違いだったか。

数馬が嘆息したとき、目の前の闇が揺れた。

人とも動物とも知れないなにかが、すぐそこまで迫っていた。

危害を加えようとしているとしか思えない。数馬は咄嗟に横へ跳んだが、
鳩尾を強打されてしまい、身体を折って呻いた。

「うっ、ううう……」

「くく」

闇が笑い、

「党が許しても、俺は許さぬ！」

続けて放たれた声は諫早だった。

おりしも、雲間から降り注いだ月光が、諫早の禿頭を蒼白く縁取った。

青入道そのものの諫早に、数馬は髷を摑んで引き起こされた。

「お前には、俺の技を見せる機会がなかったな。案外、楽に死ねるぞ」

嗤うようにいった諫早が、すっと息を吸い込み、胸を大きく膨らませた。

体内の気を充実させてから、

「ひゅううううう」

口の先を窄めて細い息を吐きながら、右手を斧のように振り上げた。

手刀で喉の骨を砕こうとしている。そうとわかっても、数馬は動けなかった。腕を上

げることもできなかった。

いまにも渾身の一撃が見舞われようとしたそのとき、諫早の首に小指ほどの太さの蛇が、くるくると巻き付いた。

いや、蛇ではない。鉄の鎖だった。

泡を食った諫早が、数馬の髻を摑んでいた手を離した。鉄鎖を外そうともがく。

支えを失い、立っていられなくなった数馬は、地面に膝をついた。

顔を上げた数馬の前で、奇妙な死闘が繰り広げられていた。

黒装束に黒の被り物――すなわち黒子が、諫早と背中と背中を合わせて揉みあっている。押しくら饅頭でもしているかのようなそれは、死の遊戯にほかならなかった。

黒子は諫早を担ぎ上げて、鉄鎖で絞め殺そうとしている。

そうはさせじと諫早が、黒子にがしがしと肘鉄を食らわせていた。

これでは埒が明かぬと思ったか、

「ええい！」

黒子が吼えて力を振り絞った。

諫早の両足が浮き上がった。それで勝負がついたかに見えたが、諫早は自ら地を蹴っていた。

蹴った勢いで体を丸め、黒子の背の上でくるりと反転した諫早が、着地と同時に黒子を蹴り飛ばした。

鳥のように両腕を広げ、宙高く舞い上がると、仰向けに倒れた黒子を目掛けて降下した。

黒子がぎりぎりの間合いで、諫早の直撃を躱した。

さらに反撃に転じた黒子が、鉄鎖を鞭のように振るって足を払った。が、諫早は跨ぐようにしてその攻撃を逃れた。

その隙に、素早く立ち上がった黒子が、鉄鎖を振り回し始めた。

拳法を得意とする諫早も、徒手では不利と判断したか、腰の刀を抜いた。

――むむっ？

諫早が顔で唸った。

鉄鎖が風を切る音に、微かな異音が混ざっていた。

砂が鳴る音。いずこからともなく飛来した新手の黒子三人が、諫早の背後と左右に降り立っていた。

四方を囲まれて逃げ場を失った諫早に、黒い影がいっせいに襲いかかった。

前にいた黒子が、諫早が抜いた刀を鉄鎖で絡め取った。

低い姿勢で飛び込んだ左右の黒子が、諫早の両足に抱きついた。

後方にいた黒子が、諫早を羽交い絞めにした。

そのすべてが同時だった。事前に示し合わせていたかのような、統制の取れた動きに、諫早は一瞬で、身動きを封じられた。

四人の黒子は、暗がりと同化している。月明かりに照らされて、諫早の独り芝居が始まった。

じたばたと人がもがくだけの芝居は、そう長くは続かなかった。

役者が勢いよく首を真横に振ったところで、唐突に終わった。

後方にいた黒子に頸骨(けいこつ)をへし折られて、ぐったりとなった諫早を、三人の黒子が担ぎ上げた。宙を滑るように、諫早の死骸が運ばれていった。

私怨に駆られた諫早が、襲撃を仕掛けると予想した黒子党の頭が、護衛をつけていたとしか考えられなかった。

数馬は、その場に残っていた——鉄鎖を武器にした——黒子に礼を述べた。

「危ないところを助けていただき、ありがとうございました」

すると黒子が冷たく言い放った。

「勘違いするな。お前が、死のうが生きようが知ったことではない。俺たちは、お頭の命に背こうとした戯(たわ)けを、処分しただけだ」

「………」

数馬は絶句した。

「独断で、お前を殺そうとしたからだ。お頭が命じるまでは、してはならないことになっていた。しかも諫早はその役目から外されていた」

——そういうことだったのか。

数馬も、ようやく理解した。

頭の命令は絶対である。党には鉄の掟がいくつかある。それを決めるのも頭だった。全権を握る神のごとき存在に、逆らった罪を問われて、諫早は誅殺された。数馬を護るべく、排除されたわけではなく、結果的にそうなったに過ぎなかったのだ。

しかし、それはそれとして疑問が残る。

黒子党を裏切ったという点では、数馬も同罪である。

諫早の処分を断行した頭が、なぜ数馬を生かしておくのか？

——それほど頭は、風砲を求めているんだ。しかし、欲しいのは風砲であって俺ではない。風砲が完成した暁には、予定通り、処刑される……。

それを裏付けるのが、「急所を外しても、致命傷を与えられるくらいでないと、暗殺に用いる意味などない」という頭の言葉だ。

数馬以外の誰が用いても、確実に相手を仕留められるか否かに、頭は拘っていたということだ。

「これだけはいっておく」黒子の声で、数馬は我に返った。

「諫早は浅墓な振る舞いに及んでしまったが、そうしたくなった気持ちは、俺にもよくわかる。お前を殺せと命じられたら、いつでも喜んで引き受ける」

なにか言葉を返そうとする前に、黒子は背中を向けた。現れたときと同じように、音もなく立ち去っていった。

月が雲に隠れ、あたりに黒い幕が降りた。

――俺はどうしたらいいんだ……。

無性に光が欲しかった。

前途に、わずかでも光明を見いだしたかった。

だが、どこを見廻しても、真っ暗――無限のかなたまで、闇が続いていた。

家へ帰る気力も失った数馬は、呆然と立ち竦んだ。

解説

末國善己

遠距離からの精密射撃で目的の人物を殺す狙撃は、最前線で敵部隊にプレッシャーを与えてその行動を制限したり、要人の暗殺に使われたりする。身を隠しながら単独で行動し、一撃必殺の職人的な技術で秘かにターゲットを倒す狙撃はロマンをかきたてるようで、フレデリック・フォーサイスの小説『ジャッカルの日』、映画『山猫は眠らない』『アメリカン・スナイパー』、ゲーム『スナイパーエリート』、そして絶対に外せないさいとう・たかをの漫画『ゴルゴ13』など、名作が数多いのだ。

その中でも、第二次世界大戦のスターリングラード攻防戦を背景に、ソ連の天才狙撃手(スナイパー)ザイツェフと、ザイツェフを倒すためドイツ軍が派遣したケーニッヒの息詰まる戦いを描いた映画『スターリングラード』は強く印象に残っている。

狙撃の歴史は意外と古く、日本では一五六六年、つまり鉄砲伝来からわずか二十三年後に、宇喜多直家の命を受けた遠藤秀清、俊通兄弟が、美作の郡興善寺で三村家親を暗殺したのが、記録に残る最古の狙撃とされている。その後も、一五七〇年に杉谷善住坊が、一五八一年には城戸弥左衛門（伊賀崎道順とも）が、織田信長を狙撃するも失敗しているので、狙撃は戦国時代には一般的な戦術だったことがうかがえる。

一五四三年、日本に鉄砲（火縄銃）が伝来したのは有名だろう。だが、日本人が手にした鉄砲が特殊な構造をしていたのは、あまり知られていないのではないか。

ヨーロッパでは、銃の台座を肩に付けて安定させる方式が一般的だったが、日本に伝わったのは猟銃に用いられる頬付け式だったとの説がある。ただこれには、もともと伝来したのは肩付け銃だったが、戦国時代は甲冑を着るので肩付け式では射撃をするのが難しく肩付けの台座を削って頬付けにした、頬付けは引いた弓を頬にあてる和弓の構えに似ていたから喜ばれたなどの理由で、後から改良されたとの異論もある。

もう一つは、火縄を使って点火する方法である。ヨーロッパでは、火縄を装着したアームが引金と連動し、引金を引く速度によって弾が発射されるタイミングが変わる緩発式火縄銃が主流だった。これに対し、日本に伝来したのは、引金を引くと火縄がバネの力で火皿に叩き付けられ瞬時に弾を発射する瞬発式火縄銃だったのである。

瞬発式は、十六世紀に南ヨーロッパで誕生するが、すぐに火打石をバネ仕掛けで火打金に叩きつけ火花を散らして発火するフリントロック式銃に取って替わられたので、あまり普及しなかった。瞬発式火縄銃は東南アジアで改良され、現地で普及したためマラッカ式と呼ばれた。日本に伝わったのもマラッカ式と考えられている。

射手がベストのタイミングで引金を引くと瞬時に弾が発射され、機械式なので銃身が安定する瞬発式火縄銃は狙撃向きだったので、実戦で使われたのも当然なのだ。それなのに、狙撃を題材にした作品は、遠藤兄弟による三村家親の暗殺を描いた中村彰彦(なかむらあきひこ)「袖の火種」(『槍弾正(やりだんじょう)の逆襲』所収)、東郷隆(とうごうりゅう)『狙うて候』、和田竜(わだりょう)『小太郎の左腕』など数が少ない。いつか映画『スターリングラード』のように、天才的なスナイパー同士の攻防戦が歴史時代小説でも読めたらと思っていたところに、その渇きを潤すような作品が登場した。それが波乱に満ちた伝奇小説で注目を集める中谷航太郎が新たにスタートさせたシリーズの第一弾となる本書『くろご』なのである。

著者は、二〇一一年、〈秘闘秘録 新三郎&魁(かい)〉シリーズの第一弾『ヤマダチの砦(とりで)』で小説家デビューした。この作品は、多くの銃を集めて山中の砦に籠るヤマダチ(山賊)と、山岳戦闘に長(た)け、特に弓を得意とする山の民が飛び道具を使って戦う西部劇を彷彿(ほうふつ)させる銃撃戦が魅力となっていた。本書は、デビューから銃にこだわっている著者が、今までにないガンアクションに挑んだ作品といえるだろう。

物語は、元勘定奉行金座(きんざ)方ながら左遷されて今は小普請(こぶしん)の綾瀬成匡(あやせなりまさ)と、その家来の高部(たかべ)が、自宅へ向かっていた夜中に、芝居小屋にいる黒子(くろご)姿の男に声をかけられる場面から始まる。黒子は手にしていた短筒で高部の鳩尾(みぞおち)を突いて意識を奪うと、綾瀬を射殺。二発目の弾を装填すると、高部を自殺に見えるように撃ち殺す。

翌日、幕府が保有する鉄炮（てっぽう）を磨く鉄炮磨（みがき）同心の数馬（かずま）を、代々、鉄炮方を務める田村家付の与力・諫早（いさはや）が訪ねてくる。諫早は、数馬に馬上筒（ばじょうづつ）を鑑定して欲しいという。数馬は、近江（おうみ）の国友（くにとも）村にある鉄炮鍛冶（かじ）の家に生まれ、伝統の技法に創意工夫を加えることを好み、鉄炮の腕も名人の域に達していた。その才能が仕事で国友村を訪れた鉄炮方同心の流山丹兵衛（ながれやまたんべえ）の目に留まり、丹兵衛に請われて一人娘・若狭（わかさ）と結婚、流山家の婿養子になっていたのである。馬上筒を見た数馬は、独特な工法が使われていることから、すぐに琵琶（びわ）湖東岸にある日野（ひの）村で製造されたことを見抜く。

実は、諫早が持ってきた馬上筒は、綾瀬と高部の殺害に使われた凶器だった。諫早は、御小人目付（おこびとめつけ）として事件を調べている大崎（おおさき）と、鉄炮方に馬上筒の製造地が分かる人間がいるか賭けをしていて、諫早たちが数馬を訪ねたのは、流山丹兵衛の推薦があったかららしい。大崎は、事件は高部が主君を射殺し、自殺したとして処理されたという。

ここから、口は悪いが探索の腕は一流の大崎と、鉄炮の知識では鉄炮方のベテランも凌駕（りょうが）する数馬が、それぞれの得意分野を活（い）かして綾瀬らを殺した犯人を追う展開になる。綾瀬らが殺された背景には、政治がらみの不正がからんでいることも暗示されており、事件が壮大かつ複雑に入り組む物語には圧倒されるはずだ。

優れた技術者にして狙撃手でもある数馬は、同郷の鉄炮鍛冶にして、玉灯（ランプ）、懐中筆（万年筆）などを発明した実在の技術者・国友一貫斎（いっかんさい）に師事しているとの設定になっている。一貫斎が、オランダから伝わった玩具の空気銃を参考に、殺傷能力を持つ「風砲」を製造したのは史実である。本書の舞台は、一貫斎が「風砲」を製造していた時期だけに、数馬も開発に協力している。その意味で本書は、『プロジェクトX』的な〝もの作り〟小説としても楽しめるのである。伝統的な火縄銃から、試行錯誤をしながら作っている「風砲」まで、銃器の歴史、構造、扱い方、射撃のコツなどの記述は詳細を極めており、特に銃マニアは引き込まれるだろう。

以下ネタバレはありませんが、中盤以降の展開に言及します。トリッキーな本書は予断なく読んだほうが絶対に楽しめるので、未読の方は先に本文をお読みください。

常に行動を共にするわけではないが、異色のコンビが探偵役となる時代ミステリの王道的な進み方をする本書だが、中盤からは想像を絶するエピソードが連続する。

アルフレッド・ヒッチコック監督の『サイコ』に、客の金を持ち逃げし、ベイツ・モーテルの一室に落ち着いた女が、シャワールームで惨殺される映画史に残る名場面がある。細かなカット割り、不安をかき立てる音楽は、その後のサスペンス、ホラー映画に絶大な影響を与えた（このシーンの絵コンテを描いたのは、ヒッチコックではなく、グラフィック・デザイナーのソール・バス）。このシーンが衝撃的だったのは、巧みな演出だけでなく、（犯罪者とはいえ）ヒロインと思われた女優が途中であっさり殺されるというハリウッド映画の常識を破ったことによる効果も大きかったといわれている。本書には、『サイコ』を思わせる驚天動地の仕掛けがあるのだ。

　続けて著者は、〝構図の反転〟というアクロバットを繰り出してくる。二十世紀の初頭、デンマークの心理学者エドガー・ルビンが、後に「ルビンの壺（つぼ）」と呼ばれる図地反転図形を紹介した。これは黒地の紙に、白色で壺の図を描いたもので、黒に焦点をあてると壺に見え、白に焦点をあてると向かい合った二人の男の顔に見えるが、壺と二人の男の顔は同時に認識できないというものである。〝構図の反転〟は、「ルビンの壺」のように読者の予測、思い込みを覆すトリックだけに、常識やものの見方が揺さぶられ、より驚きが大きくなる。と書いても、著者のテクニックが卓越しているので、どの〝構図〟が反転するか、事前に見抜ける読者はほとんどいないように思える。

　終盤になると、数馬が狙撃手としても活躍することになる。火盗改（かとうあらため）の捕物に協力することになった数馬は、一家三人を人質にして農家に立て籠った賊を包囲。鉄炮方同心の中でも一の名手・柿畑（かきはた）と手柄を争うことになる。数馬が、国友村の射撃大会で最終戦に残った名手たちと勝負をした時のことを回想する場面は、弾込めに時間がかかる火縄銃の欠点を考慮に入れながら、どこに潜んでいるか分からない敵との緊迫した駆け引きが続くので、まさに『スターリングラード』のような興奮が味わえる。そして終盤には、農作物を荒らす害獣を鉄炮で追い払う「撃ち払い」に抜擢された数馬が、はからずも狙撃の老名手と対峙することになるなど、派手な活劇の〈秘闘秘録 新三郎&魁〉シリーズとは異なる、サスペンスに満ちたアクションが満喫できるのである。

本書は、数馬が戦うべき〝敵〟の存在が浮かび上がるところで幕を下ろす。巨大な〝敵〟に数馬はどのように挑むのか？ 愛する妻がいる数馬は、家族が戦いの障害にならないのか？ 数馬が開発を進める「風砲」は音が静かなので（現代でいえば、サイレンサー付きの銃か）戦いには有利なので、「風砲」が時代小説のガンファイトに革新をもたらす可能性もあるが、数馬にとって「風砲」の完成が、福音になるのか、地獄への招待状になるのか判然としない状況に陥りつつある。このように、ますます混迷を深め、戦いが厳しくなることが予想されるだけに、第二巻の刊行が今から待ち遠しい。

（すえくに・よしみ　文芸評論家）

本書は、集英社文庫のために書き下ろされた作品です。

集英社文庫　目録（日本文学）

伴野朗　呉・三国志 長江燃ゆ十 興亡の巻
永井するみ　ランチタイム・ブルー
永井するみ　欲しい
長尾徳子　僕達急行 A列車で行こう
中上健次　軽蔑
中上紀　彼女のプレンカ
長沢樹　上石神井さよならレボリューション
中島敦　山月記・李陵
中島京子　ココ・マッカリーナの机
中島京子　さようなら、コタツ
中島京子　ツアー1989
中島京子　桐畑家の縁談
中島京子　平成大家族
中島京子　東京観光
中島京子　かたづの！
中島たい子　漢方小説

中島たい子　そろそろくる
中島たい子　この人と結婚するかも
中島たい子　ハッピー・チョイス
中島美代子　らも 中島らもとの三十五年
中島らも　恋は底ぢから
中島らも　獏の食べのこし
中島らも　お父さんのバックドロップ
中島らも　こらっ
中島らも　西方冗土（さいほうじょうど）
中島らも　ぷるぷる・ぴぃぷる
中島らも　愛をひっかけるための釘
中島らも　人体模型の夜
中島らも　ガダラの豚I～III
中島らも　僕に踏まれた町と僕が踏まれた町
中島らも　ビジネス・ナンセンス事典
中島らも　アマニタ・パンセリナ

中島らも　水に似た感情
中島らも　中島らもの特選明るい悩み相談室 その1
中島らも　中島らもの特選明るい悩み相談室 その2
中島らも　中島らもの特選明るい悩み相談室 その3
中島らも　砂をつかんで立ち上がれ
中島らも　こどもの一生
中島らも　頭の中がカユいんだ
中島らも　酒気帯び車椅子
中島らも　君はフィクション
中島らも　変!!
中島らも 小堀純　せんべろ探偵が行く
長嶋有　ジャージの二人
中園ミホ 古林実夏　ゴースト もういちど抱きしめたい
中谷巌　痛快！経済学
中谷巌　資本主義はなぜ自壊したのか 「日本」再生への提言
中谷航太郎　くろご

集英社文庫　目録（日本文学）

中野京子　芸術家たちの秘めた恋 ―メンデルスゾーン、アンデルセンとその時代
中野京子　残酷な王と悲しみの王妃
中野京子　はじめてのルーヴル
長野まゆみ　上海少年
長野まゆみ　鳩（はと）の栖（すみか）
長野まゆみ　若葉のころ
中原中也　汚れつちまつた悲しみに…… ―中原中也詩集
中場利一　シックスポケッツ・チルドレン
中場利一　岸和田少年愚連隊
中場利一　岸和田少年愚連隊 血煙り純情篇
中場利一　岸和田少年愚連隊 望郷篇
中場利一　岸和田のカオルちゃん
中場利一　岸和田少年愚連隊 外伝
中場利一　岸和田少年愚連隊 完結篇
中場利一　その後の岸和田少年愚連隊 純情ぴかれすく
中部銀次郎　もっと深く、もっと楽しく。

中村安希　インパラの朝 ユーラシア・アフリカ大陸684日
中村安希　食べる。
中村安希　愛と憎しみの豚
中村うさぎ　美人とは何か？ 美意識過剰スパイラル
中村うさぎ　「イタい女」の作られ方 自意識過剰の姥皮地獄
中村勘九郎　勘九郎とはずがたり
中村勘九郎　勘九郎ひとりがたり
中村勘九郎他　中村屋三代記
中村勘九郎　勘九郎日記「か」の字
中村計　佐賀北の夏
中村航　夏休み
中村航　さよなら、手をつなごう
中村修二　怒りのブレイクスルー
中村文則　何もかも憂鬱な夜に
中村文則　教団X
中山可穂　猫背の王子

中山可穂　天使の骨
中山可穂　サグラダ・ファミリア〔聖家族〕
中山可穂　深爪
中山美穂　なぜならやさしいまちがあったから
中山康樹　ジャズメンとの約束
ナツイチ製作委員会編　あの日、君とBoys
ナツイチ製作委員会編　あの日、君とGirls
ナツイチ製作委員会編　いつか、君へBoys
ナツイチ製作委員会編　いつか、君へGirls
夏樹静子　蒼ざめた告発
夏樹静子　第三の女
夏目漱石　坊っちゃん
夏目漱石　三四郎
夏目漱石　こころ
夏目漱石　夢十夜・草枕
夏目漱石　吾輩は猫である(上)(下)

集英社文庫

くろご

2017年9月25日　第1刷　　定価はカバーに表示してあります。

著　者　中谷航太郎（なかたにこうたろう）

発行者　村田登志江

発行所　株式会社　集英社
東京都千代田区一ツ橋2-5-10　〒101-8050
電話　【編集部】03-3230-6095
【読者係】03-3230-6080
【販売部】03-3230-6393（書店専用）

印　刷　図書印刷株式会社

製　本　図書印刷株式会社

フォーマットデザイン　アリヤマデザインストア　　マークデザイン　居山浩二

ISBN978-4-08-745641-7 C0193